小学館文庫

引越し侍

情斬りの辻

鈴峯紅也

JN230489

小学館

目次

引越し侍　情斬《じょうぎ》りの辻

第一章　深川の組屋敷

一

六月のとある日であった。よく晴れた盛夏の一日である。風もない。

内藤三左《ないとうさんざ》は縁側で胸元をくつろげ、団扇《うちわ》であおぎながら猫の額《ひたい》ほどしかない庭を睨《にら》んだ。

「でえっ。暑《あち》ぃ」

広大にはほど遠い、どちらかといえば八丁堀の大塚右門《おおつかうもん》の組屋敷の庭に近い狭さである。それよりもなお狭いか。庭に植木や盆栽《ぼんさい》のたぐいはひとつとしてなく、かえってそこここから雑草が元気よく伸び、我が世の夏を謳歌《おうか》している。

明らかに浅草上平右衛門町《あさくさかみへいえもんちょう》の、あの家禄に不釣り合いな偉そうな屋敷ではない。本来ならこちらのほうが百俵の身《み》の丈《たけ》にふさわしい。

が――。

「まったく。なに好きこのんでこんなとこでよぉ、やもめ暮らしなんざしなきゃなんねえんだか」

ぶちぶちと呟《つぶや》きながら憮然《ぶぜん》として酒を呑《の》む。呑むしかなかった。他にすることとて特にはない。

「まあ、千歳屋《ちとせや》に近ぇってのはありがてぇが、それにしたってなあ」

「はい？　内藤様、なにかおっしゃいましたか」

なぜか奥の勝手方から吉田孫左衛門《よしだまござえもん》の娘、菊乃《きくの》の声がした。

「えっ。いやいや、別段。ははっ」

どちらからも見えていないにもかかわらず、三左は慌《あわ》てて居住まいを正し首を振った。こういうことに肩が凝る生活が始まってかれこれ四日目であった。

しばらくそのままで固まり、返る声がないと知ってまた庭を睨みつつ胸元を団扇であおぐ。

「これじゃあな。千歳屋も近くて遠いんじゃ、役に立たねえ」

千歳屋とは深川神明宮《ふかがわしんめいぐう》にほど近い南森下町《みなみもりしたちょう》にある一膳飯屋の屋号である。

言葉どおり、三左が今いる場所は、住み慣れた本所でもなく、数日前まで明屋敷番《あけやしきばん》をまかされていた上平右衛門町の屋敷でもなく、深川元町にある徒目付《かちめつけ》らが住む組屋敷の一画であった。

酒を呑み呑み、なぜこうなったかをもう一度思い返す。

堂々と伸びて動かぬ庭の雑草らでさえが、三左を余所者《よそもの》扱いしているようでどうにも憎らしかった。

二

六月も半ばに向かおうとする頃であった。この日、普請奉行《ふしんぶぎょう》の保科日向守《ほしなひゅうがのかみ》が単身でふらりと上平右衛門町の内藤屋敷に現れた。賭場《とば》が立つ日ではなく、しかも照りつける陽差しが見上げれば上天もど真ん中に近い昼過ぎのことであった。

「……なんの用ですかね」

三左は用心深く聞いた。

「いやまあ。近くまで来たついでにな」

などと日向守は噴き出す汗を拭きながら狸顔《たぬきがお》に満面の笑みで誤魔化《ごまか》そうとするが、

「なんの用ですかね」

日向守の耳には馬耳東風である。

内藤屋敷には三左の他には祖父の次郎右衛門《じろうえもん》と小者《こもの》だか用人《ようにん》だかの嘉平《かへい》しかいない。

つまり、寄って楽しいことなど自慢ではないがなにひとつないのだ。ついでに寄ったなどとは眉唾物《まゆつばもの》にして噴飯物《ふんぱんもの》である。にもかかわらず狸顔に満面の笑みは、どう考えても薄気味悪く怪しすぎた。逆にいっぱい話があると暗に語っているようなものである。

同席の次郎右衛門も嘉平も当然察していて、針の視線で日向守を睨む。だから茶の一杯、座布団の一枚出すわけもない。

「嫌な予感がしますが」

「はっはっ。嫌な予感か。はっはっ。まあ、予感されるほどのこともないと思うが。そこは、な。ほれ、色々とあってな、だからこの世は面白い」

やはり返答はお茶濁しにして曖昧《あいまい》だ。この段階で三左の予感ははっきりと確信に変わった。

三左にわかるくらいだから曲者《くせもの》の老爺《ろうや》二人にわからぬはずもない。

「儂《わし》はまだ動かんぞ。梃子《てこ》でも動かん」

次郎右衛門は腕を組んで口をへの字に曲げ、

「左様《さよう》でございます。ここよりもさらに立派な屋敷、いえ、庭と仰《おお》せならば別ですが」

などとその後ろで嘉平も強く同意する。

「あ、それはもう。ご隠居様方がそうおっしゃられるであろうことは重々承知。ご老中からもくれぐれもと念を押されておりますす。ですから、左様なことは毛頭《もうとう》考えてはおりません。はい」

先ほどの曖昧さはどこへやら。次郎右衛門に対する日向守の返答は自信ありげである。なにやらよくわからない。

「ということでな」

三左が考えていると、日向守は三左に向き直って一気にただの狸顔に戻った。それにしたところで怪しさは大して変わらない。

「ほれ」

日向守はなにやらを懐《ふところ》から取り出し三左に放った。広げ返してみればそれはやはり確信されたとおり、老中首座松平越中守定信《まつだいらえっちゅうのかみさだのぶ》からの内々の下知状《げじじょう》であった。深川元町、徒目付組屋敷に明屋敷番を命ずとあって小判が一枚添えられていた。

徒目付とは、おもに千代田城《ちよだじょう》の宿直《とのい》や大名が登城する際の取り締まりに当たり、ときに公儀諸役人の監察などの隠密《おんみつ》にも従事する御家人役のことである。百俵五人扶持《ぶち》高で三人の目付組頭に統括され、支配は当然目付である。定員は享保三年からは四十名であった。

おもむろに状を畳み、三左は溜息《ためいき》混じりに頭を掻《か》いた。

やはり動くのだ。が、であれば先ほどの次郎右衛門に対する日向守の返答がよくわからない。

「どういうことでしょう」

「そこじゃ」

変なところで手を叩く。

「狭いでな。みなで動くこともあるまいとご老中も仰せである。つまりな、おぬし一人ということじゃ」

はて妙な言葉を聞いた気がするが聞き間違いではあるまい。物音はほかに、蟬《せみ》の鳴き声がやかましいだけである。

「……はあっ?」

三左は素頓狂《すっとんきょう》な声を上げた。

「なんだ。左様な仕儀か」

「それならば別に」

驚きの三左をよそに、日向守のひと言を聞いただけではや次郎右衛門や嘉平は我知らぬ顔であった。

「ふむ。厄介《やっかい》払いじゃな」

「いえいえ。ところ払い、と思えばよろしゅうございましょうか」

「なるほど。おい三左、しっかり務めてこい。わははっ」

上機嫌に物騒なことを言うかと思えばさらには、

「なんでもよいが、賭場の日には通って来いよ。おぬし風情《ふぜい》でもおるとおらぬとでは違うでな」

などと次郎右衛門は追い打ちを掛ける。この辺はあこぎにして抜け目がない。

「って、通ってこいとはなんだい、通ってこいとは。偉そうにいうな。俺の屋敷だぞ」

「阿呆《あほう》。今保科殿に告げられたではないか」

次郎右衛門は即答だ。

「おぬしの屋敷はな、深川じゃ」

断じられて三左はなにも言えなかった。しかも次郎右衛門は口元に薄笑いさえ浮かべている。いつも以上に、道理は次郎右衛門にあった。

で、口を開けたままに固まっていると、

「保科殿。いつからじゃな」

「いつにても、と申してやりたいところですが、お役目でありますからな。そうそう猶予をくれることもならず」

「なあに。こやつにはこれといって運ばなければならぬ物などありはせん」

勝手に話は進む。

「ちょ、ちょっと待った。俺にだってなあ――」

「あると本人が申したところで、きっとあるのは下帯《したおび》の五、六枚じゃ」

「四枚でございます」

いらぬ口を嘉平が挟《はさ》む。

「いや爺さん。まあ大雑把《おおざっぱ》にはそのくれえかもしれねえが、いくら俺だってさすがにそれだけってことは――」

「ないと申すかもしれんが、加えても小袖《こそで》に帯がひと揃えとおのれの箱膳じゃ」

「おっ、ご隠居様。箱膳なれば先方にも用意がござりますのでご心配には及びませんん」

「別段心配などしておらんが、ならば小袖に帯のひと揃えで終《しま》いじゃ」

「…………」

情けないが、たしかにそれがすべてであった。

「なんにしても着の身着のままに毛の生えた程度。保科殿、気になされることはござらんぞ。なあ嘉平」

「左様でございますな」

「おう。そうおっしゃっていただけるとありがたい。では、これより直ちに」

好きにしてくれと呟き三左は天井を見上げた。当然誰も聞いていないから返る答えはない。

とにも、こんな次第で三左は深川元町の明屋敷に住むこととなったのである。

次郎右衛門と嘉平に即実行と尻を叩かれ、冗談ではなく出立《しゅったつ》はすぐであった。が、慌ただしくもなんともない。癪《しゃく》には障《さわ》ったが、持ち出す物は本当に小袖と帯だけであったから風呂敷に包んで手に提《さ》げた。あっという間である。

「ばたばたとした話ですまんのう。せめて次の屋敷まで同道致《いた》すでな」

と口では殊勝に詫《わ》びつつも実は三左が途中で逃げるのを阻み、一刻も早く押し込もうとしているに違いない日向守と同道する。

「さてお奉行。今度はどんな揉《も》め事があった屋敷ですかね」

男二人、しかも狸との道行きとなれば話すことなどなにもない。必然として次の明屋敷の話になる。

「どんなと聞かれてもな、いつもどおりじゃ。きな臭いといえばきな臭いが、まぁまずは住んで嗅《か》げ。探索や大立ち回りの場面も出ようが、本来からいけば嗅ぐことこそが明屋敷番であるおぬしの役目じゃ」

狸の早化けにして、急に真っ当なことを言う。ようはまだなにも話す気はないのだと三左は解釈した。

「それにしても、やもめ暮らしか」

三左は天を振り仰いだ。よく晴れた夏空の青が目に染みた。

「気楽っちゃ気楽でしょうが、気が重いことも多そうだ」

「はっはっ。そんなもんじゃろう。儂も昔、半年ばかり一人のことがあったがな、それなりには面倒であった」

いつどこでなどとは聞く気にもなれなかった。狸の塒《ねぐら》や餌《えさ》のことなどどうでもいい。

「飯だって、作ったことなど自慢じゃないが一度もありませんがね」

「おう。それならばな。ふっふっ。儂は気が利く男でな」

狸が不敵に笑った。

「三度三度の飯はすでにおぬしも存じ寄りのな、吉田殿の娘ごに頼んであるのだ」

「……へっ？」

吉田吉田と考えても、存じ寄りのと言われればただ一人、本所の吉田孫左衛門しかいない。その娘ごとなれば菊乃のことだ。

「ちょっ」

「実はおぬしのところの賭場に出入りするうちに、同じような遊び方をする吉田殿とは身分お役目を超えて妙に馬が合ってな」

「同じような遊び方ったたって、ただすってんてんになるだけのことでしょうに」

「阿呆。言葉が悪すぎるわ。気持ちよく綺麗《きれい》に散財すると申せ」

ようは負けっ放しということである。馬が合うというより傷の舐《な》め合いなのだろう。

そう思えば納得できる。傷の舐め合いに身分も役職もたしかに関係はあるまい。ただ、負けっ放し組の傷の舐め合いを、気持ちよく綺麗に散財する者同士妙に馬が合ってとは、なるほど言葉は飾るものだとはいえ、さすがに卑怯《ひきょう》すぎる気がしないでもないが。

「いや、そんなことはどうでもいいですが」

「で、互いの屋敷を行き来するようになってな」

つらっと日向守は続けた。

「昨日じゃ。吉田殿の屋敷を訪ねた際、茶を供《きょう》してくれた娘ごが、『内藤様はどうなさっておられますか』と申すのを聞いてふと閃《ひらめ》いた。おぬしの深川行きのことはそれまでにもう決まっておったからな。どうじゃと聞いてみた。するとな、こう、うつむき加減になってな。頰《ほお》をぽっと赤らめながら、はいっとな。いや実に初々《ういうい》しく愛らしい娘ごじゃ。儂があと二十も若かったら放ってはおかんな」

たとえ日向守が二十若かろうとおのれのことや身分格式はさておき、孫左衛門が博《ばく》打《ち》好きでしかも博才のない狸に愛娘《まなむすめ》を嫁に出すとは思えないが。

いや、そんなこともどうでもいい。本当にどうでもいい。

「ちょ、ちょっと待った」

　汗が出たが暑さのせいではない。

「本所と深川は目と鼻の先じゃ。我ながら上手《うま》いところに目をつけたとな。儂は気が利く男じゃからな」

「いや、ちょ」

　日向守は菊乃の、父孫左衛門が溜息《ためいき》つくところの気の強さを知らぬ。さらにはそんなことを知ったときの、おつたの底知れぬ怖さを知らぬ。

「ああ、肝心の料理のことじゃな。抜かりはないぞ。儂もそれで苦労した口でな。ちゃんと聞いてある。腕はかなりのものと吉田殿が太鼓判を押しとった。ふっふっ。儂は気が利くでな」

「だから、そうじゃなくてですね」

「なに、料理は不味《まず》くてもよいのか」

「いや、そりゃあ美味《うま》いに越したことはないですが」

「ならよいではないか」

「そこじゃないと申し上げてんです。いいですか。頼んだったって、あの家の暮らしから菊乃の針仕事を取り上げちゃあ拙《まず》いでしょう。お奉行は下々《しもじも》の暮らし向きについてあまりご存じないかもしれませんがね――」

「おう。そのことか。なら心配するな。それも大丈夫」

日向守は三左に向けて拳を突き出した。

「菜などを求める分と娘ごの借り賃にこれだけ渡してきた」

指がのそりと二本立つ。どちらも似たように短い指だ。

「……まさか二文《もん》、いや二朱」

「馬鹿者。これのどこが二文、二朱じゃ」

どこがと言われても、日向守のみすぼらしい指なら一本一文が妥当なところだろう。

一本一朱といったのはご祝儀だ。

「二両じゃ」

鼻を膨らませて日向守は言った。

「えっ」

三左にはそれ以上継ぐべき言葉はなかった。いつまで深川に住むかはわからないに違いないだろうからその二両が多いか少ないかは判別できなかったが、断るための外堀がすべて埋められていることだけは三左にも理解できた。

溜息をつくと、日向守がなぜかじっと三左を見ていた。

「なんですか」

怪訝《けげん》な表情をすれば、

「儂は気が利く男、じゃろ」

「えっ」

「気が利く男じゃろうが」

なにかを待っている気配だ。

「ああ。はいはい。まことに以《もっ》て痛い、いえ、痒《かゆ》いところに手が届くお方で」

「そうじゃろうそうじゃろう。わははっ」

微妙な皮肉を解すことなく狸が思いっきりの笑顔になる。

「よく言われるんじゃ。わははっ」

それ以上かかずらうのも馬鹿馬鹿しく、三左は前へ前へと重い足を運んだ。


上平右衛門町と深川元町はさほど遠くない。両国橋を渡って道延べにしても一里あるかどうかである。ぶらぶらと行っても半刻《とき》も掛からない。

急な引越しを告げられてから半刻と少しでなにからなにまで完了とは、三左をしてわれながらに情けないと思わしめないではなかったが、事実昼八つ前には深川元町の徒目付組屋敷に辿《たど》り着いた。

日向守はずっと汗を拭き続けていたが、三左は額に光る粒を浮かべる程度である。そんな近さだ。

「ふうん。ここか」

三左は立ち止まり、組屋敷をひと渡り見回した。

そもそも武家地は町並地と違って人の往来が少ない。が、組屋敷の並びを見て三左はわずかに目を細めた。

「ほう」

人っ子一人いない通りは静かを通り越し、凍りついているようである。といって、人通りのない小道などどこに行っても出会《でくわ》す。三左が目を細めたのはそういうことではない。

人通りがないにもかかわらずそこには、三左と日向守に対する静かにして冷たい気配が溢《あふ》れるほどに充満していたのである。

諸大名や旗本御家人の目付監察における先手《さきて》の役目上致し方ないと言ってしまえばそれまでだが、組屋敷全体でどこの誰とも知らぬ余所者《よそもの》を排除するかのようである。

「これはこれで、面白《おもしれ》ぇ」

気配だけだとて向けられる刃《やいば》と感じれば俄然《がぜん》やる気が出る。無頼の無頼たる由縁《ゆえん》だ。

三左は莞爾《かんじ》として笑った。それだけで排除の気配が戸惑いに揺れるようであった。

「どうじゃ。口でなにを申すより感じた方がわかりが早いであろうが。目付の探索方ということもあろうが、ここの連中はかようにどうにも扱いづらくてな」

汗を拭き拭き日向守は三左の前に出た。そのまま止まらず、すたすたと充満する気配を掻き回しながら進んでゆく。

立ち止まったのは十軒並ぶ板塀の、手前から四軒目であった。

「さて、ここがおぬしの新しき屋《おく》である」

また気配がざわりと動いた。煩《わずら》わしいことこの上ない。

一喝に散らかしてやろうかと息を吸い込めば、吐く前に新しき屋の木戸が音もなく開いた。出て来たのは手拭《てぬぐ》いを姉《あね》さんかぶりにした菊乃である。

「あ。おかえりなさいませ」

未《いま》だ嫁入り前の十七歳だが、丁寧《ていねい》に腰を折る仕草が妙になまめかしく成熟した女性を思わせた。姉さんかぶりのせいだろうか。

「お、おう。ただいま戻った」

吸った息の分を一気に吐けば、菊乃の言葉に拍子を取られてそんな挨拶《あいさつ》が口から出た。

「ん？　ただいま、なのか」

「あ、汗が」

菊乃が姉さんかぶりの手拭いをとり、背伸びするようにして三左の額を拭う。

「わはは。若夫婦のようじゃのう」

「まぁ日向守様。お戯《たわむ》れを」

菊乃は急いで手を引き、頬を染めた。実に愛らしい。

（おっとっと。愛らしいってなぁなんだ。愛らしいってなぁ）

菊乃が愛らしければ愛らしいほど、脳裏に浮かぶおつたの頭に角《つの》が伸びる。牙《きば》が生える。

（いけねぇいけねぇ）

頭を振って妄想を断ち切り、三左は左右を見渡した。

（それにしてもよ）

冷厳たる気配が、ただそこここに漂っていた。

（徒目付ってなあ、陰気な奴らだぜ）

蠕動《ぜんどう》するような気配は、まるで異界の生き物のようであった。

三

これ以降、菊乃は毎朝陽の出とともにやってきた。

自分の屋敷での暮らしぶりまでは三左もよく知らなかったが、菊乃は実にこまめに立ち働く娘であった。しかもなにもできぬ三左から見ても惚《ほ》れ惚れするほどに手際がよい。まるで嘉平の女版である。

菊乃は毎日三左が寝ているうちにやって来ては飯を作り、出来上がったところで三左を起こし、朝餉《あさげ》の後は適当な時間まで掃除洗濯に精を出した。場合によっては夕餉《ゆうげ》を作るだけでなく一緒に摂《と》り、その後片づけまでをすませてから帰った。

さすがに泊まるほどになることはなかったが、日向守が若夫婦と茶化したように菊乃は実にまめまめしくかいがいしく三左の世話をした。放っておけばいつのまにか下帯まで洗われ干され、慌てて三左が自分で取り込む始末である。

(なんだかなあ)

端《はた》から見たらたしかに初々しい若夫婦と勘違いされても仕方ないと、三左自身が妙に納得できるのだからまた変な感じだ。

「なあ菊乃。そんなに根《こん》を詰めたら保《も》たねえぜ。無理はするなよ」

ある昼餉《ひるげ》の席で三左がたくあんを噛《か》みながらいった。労《ねぎら》いのつもりではあったが、真っ当な武家の娘と差し向かいで飯を食うなどということには慣れていないから照れもあり、なんといっても窮屈《きゆうくつ》だ。食ったも飲んだもあったものではない。言葉は必然として傍若《ぼうじやく》なものとなった。

「いえ。大丈夫でございます。私は楽しいのですから」

菊乃は朗らかに笑った。本心からとわかる輝くような笑顔であった。なぜか新妻然として楚々《そそ》とした匂いもある。

「家のことも針のこともあって、外に出ることさえ今までは滅多《めった》にございませんでしたし」

たしかに、陽の光を浴びて毎日生き生きとしてはいる。特にしなければならないこともまだ見つからず、ごろごろするばかりの三左には眩《まぶ》しいくらいだ。

「だからこそだ。いいか。いつまでここに――」

「内藤様。おかわりは」

「あ、もらう」

素直に従ってしまう自分に、菊乃に聞こえぬほどの舌打ちを洩《も》らす。で、とりあえず返る飯碗を受け取ってから仕切り直しだ。

「いいか。いつまでここにいなきゃなんねえのかもわからねえんだ。場合によっちゃ一年、いや、二年このままってことだってあるんだぜ」

脅しのつもりであったが菊乃は平然としたものであった。

「私は十年でもよろしいのです。――あら」

と、頬を赤らめ下向いたりする。

妙な流れだ。どこからどこまでほのぼのとした若夫婦の会話のようだ。なにか言えば言うほど深みにはまってゆく気がした。

(まずいまずい)

とは思えど、気が焦れば焦るほど身動きは取れなくなり、かえっていやな予感ばかりがつのる。脳裏に浮かぶおつたの形相《ぎょうそう》はすでに羅刹《らせつ》だ。

(南無三《なむさん》。このままなにもなく、なにも起こらず過ぎてくれ)

天にも祈るが、浅草の伝蔵《でんぞう》のよく当たる勘の裏を張り、こういうときの三左の祈りは決まってまったく届かない。


で、そんな生活が始まって五日目のことであった。いえば五日だけ、天は三左の願いを聞き届けたようである。

いや、その分面白がっただけといえるかも知れないが。

かいがいしい菊乃の給仕で三左が窮屈な昼餉を摂っていると、木戸のほど近くから声が聞こえた。

――なんか、辛気《しんき》くさいとこだわねえ。

思わず三左は飯碗を取り落としそうになった。

「内藤様。いかがなされましたか」

「い、いや。なんでもねえ」

と空元気《からげんき》で言ってはみたが、なんでもなくはない。声は聞き間違えようもなくおつたのものだ。

「ご免なさいよ」

待つも逃げるもできはしないが、覚悟さえ決まらぬうちに木戸が軋《きし》みを立て、開け放した引き戸の向こうにおつたが現れた。小身《しょうしん》徒目付の組屋敷は狭いのだ。

加えて、あいにくなことに夏であった。風を通すために引き戸だけでなく、入ってすぐの板間から奥の座敷を抜けて濡《ぬ》れ縁側の障子《しょうじ》まですべてが開けっ放しである。逃げも隠れもする暇はない。

「ご隠居様に聞いたわ。三左さん一人で大丈夫？　って」

一人で、にも、大丈夫か、にも無理に答える必要はなかったろう。見れば一目瞭然だ。菊乃と二人で、ちゃんと飯を食っているところだ。

「あら、おつたさん」

箸と飯碗を置いて菊乃が席を立った。

「ご無沙汰《ぶさた》しております。お変わりございませんか」

言いながら土間に降り、我が家然とした風情で客であるおつたのために濯《すす》ぎを用意し始める。この間、口を開けっ放しに固まるおつたからはひと言もなかった。

だが――。

箸をくわえたまま三左はおつたから目が離せなかった。動きはないようでいて、おつたのまなじりがやはりというかなんというか、次第に吊り上がり始めていた。

「どうぞ。おつたさん、お使い下さいまし」

菊乃が濯ぎを土間に調《ととの》える。

おつたの目が濯ぎに落ち、次いで菊乃に上がり、横に動いて三左を睨んだ。

「よ、よお。暑い中ご苦労さん」

なぜ三左を睨むのかはわかっている。そこへとりあえずなにか言わなければとなれば、言葉はどうしようもなく間抜けなものになる。

「ふうん」

おつたの声が、押し殺した怒りに絡んで恐ろしいほどに低かった。

「だから、ご隠居様は行かない方がいいって言ってたのね。意味深に笑って」

「けっ。あの暇人《ひまじん》めっ」

と呟き、三左は小さく舌打ちを洩らした。うっかりでなどあるわけもない。次郎右衛門はどうなるかわかって、きっと巻き起こる騒動を楽しもうとしているのだ。

「い、いや、これはだな」

「はて、ご隠居様が。おつたさん。どういうことでございましょう」

菊乃がわからぬ気に小首を傾《かし》げた。

「いえいえ、こっちのことですよ。それにしても、いいですねえ。仲睦《なかむつ》まじくお暮らしのようで」

「えっ。まあ、仲睦まじくって。まあ」

おつたは極限まで冷えた声であったが、菊乃の方は逆に染めた頰の分、熱を帯びたくらいだ。

「でも、そういうことではございませんので。私は保科日向──」

「はいはい。お邪魔様」

皆まで聞かずおつたは小走りにぷいと出ていった。

「おい、おつた。おい」

とっさに三左は素足のまま土間に駆け下り、菊乃の脇を擦《す》り抜けるようにして表に走った。おつたはすでに組屋敷の外の辻に近かった。

「おつた、そうじゃねえんだ」

声だけ投げる。

「知りません」

おつたは止まりも振り向きもしなかった。

「話くらい聞け」

「知りませんったら知りませんっ」

「それじゃあどうしようもねえだろうに」

「どうもしようもなくて結構です！」

取り付く島はまったくなかった。

三左が次の言葉に迷っている内に、おつたの姿は辻を曲がって大通りに消えた。溜息も出なかった。

「ったくよぉ」

頭を掻きながら屋敷内に戻ると、土間に菊乃が立ったままであった。目に悲しげな光があった。

「……ご迷惑、ですか？」

「なんだい。どうした」

「ご迷惑なのですね」

「そんなことあるわけねえじゃねえか。助かってんだ。あいつは俺がなんとかなだめる。気にするな」

「いいえ」

菊乃は静かに首を振った。

「あらぬ疑いは内藤様のご迷惑に。お役目に差し障りが出ないとも限りません」

「いや、だからそんなことは——」

「頂いたお金も保科様にお返しします」

「いや、おい」

「もう、参りませんっ」

おつたに続いて菊乃までが、止めようと伸ばした三左の腕を避けるようにして小走りに出て行く。

「お、おい。それはそれで。おい」

片付け物はいいとして、今晩からの飯はどうするんだという言葉を三左は飲み込んだ。言ったところでおつた同様、なにも答えず辻を曲がってゆくのは目に見えていた。

「まったく。女ってなぁなんなんだ」

空にこぼすが答えるものなどあるわけもなく、ただ軒上に止まって見下ろす烏《からす》が、馬鹿馬鹿しいといわんばかりに飛び立つばかりであった。


おつた、菊乃が曲がっていった辻の反対側の物陰に、一人の侍が立っていた。鷹《たか》のような鋭い目に、かすかにではあったが剣呑《けんのん》な光を湛《たた》えた男である。年の頃は三十前後に見えた。

小袖や袴《はかま》にはよれが目立ち月代《さかやき》や顎《あご》には黴《かび》のように毛が生え、髷《まげ》や襟足《えりあし》も調えた形跡はなく野放図にして乱れていた。長の浪々を経て江戸に流れ着いた浪人には見えなかったが、主《しゅう》持ち役持ちの侍にも見えなかった。おそらく浪々の身となったばかりの男であったろうか。五尺五寸ほどの体軀《たいく》に無駄な肉はついておらず、少なくとも立ち姿には一分の隙《すき》も見受けられなかった。

　そうとうに腕が立つ男、と考えて間違いはあるまいと思われる。さほど離れているわけでないにもかかわらず、その存在を三左にまったく悟らせないというのがなによりの証左である。

「ふん。おそらく明屋敷番、なのではあろうが」

　走り去る菊乃の後ろ姿を見送りながら男は腕を組んでつぶやいた。存外に若く伸びやかな声であった。それだけ聞けば三左と同じような年回りにも感じられる。年がいって見えるのは尾羽打《おはうか》ち枯らしたように見える身形《みなり》と、削《そ》げた頰のせいかもしれない。

「ばたばたと身の回りが落ち着かぬ、妙な男が入ったものだ」

　男は少なくともおつたがやって来る前からそこにおり、息を殺すようにして組屋敷を注視していた。だから、鼻歌交じりに陽気な女が行ったかと思うとすぐに鬼気迫る顔をして戻り、それとは別の女がまたこの世の終わりのような顔をして出て行くという一部始終をすべて見ていた。

　男は菊乃が去った大通りから目を切り、再度、徒目付組屋敷の方に顔を向けた。

　あらためて見る組屋敷方ではその妙な明屋敷番がはたと手を打ち、いそいそと役宅内に戻るところであった。かすかに飯の続き、飯の続きという声が聞こえた。

「ふっ。加えて騒々しくも能天気とは、よほどの大物か小粒な馬鹿か」

男は口の端《はし》に嘲笑《ちようしよう》を浮かべた。

だが、薄笑いは長くは続かなかった。すぐに消えた。

「それにしても」

物陰から三歩ばかり離れ、男は組屋敷全体を大きくながめた。

「この、浮き世との交わりを拒絶するかのように澱《よど》んだ空気はなんだ」

男の瞳には冷え冷えとした光が次第に強くなっていった。

「離れてみるとわかる。徒目付とは因業《いんごう》な役回りよ。因業に過ぎて、邪気すら漂《ただよ》う」

言葉は吐き捨てるようであり、振り捨てるようでもあった。

「けれど父上、おまかせあれ」

男は組屋敷に背を向け、大通りに足を踏み出しながら蒼天《そうてん》を見上げた。

「その因業をこじ開け、殻をぶち破り、私は必ずや、父上のご無念を晴らしてご覧に入れましょう」

打って変わって情感のこもる熱い声であった。

答えるものはこちらにもない。が、高い空を行き過ぎる雲雀《ひばり》の鳴き声が、男には背を押す父の声に聞こえた。

四

「てな具合でな。散々だ。お前《め》ぇにいってもぴんとはこねえだろうけどよ。女ぁわからねえや」

二日後の昼下がりである。南町奉行所の定町廻《じょうまちまわ》り同心である大塚右門が、手みやげに一升徳利《どっくり》をぶら下げて深川元町にやってきた。ちょうど三左が出先から帰宅したばかりのときであった。

で、男二人の寂しい酒宴となり、酒の肴《さかな》に一昨日《おととい》の話をしたところである。単なる愚痴だとわかってはいたが、つまみになるような食い物が三左の屋敷にはなにもないのだからしかたがない。

「はっはっ。それは大変だ」

ほろ酔いの右門が快活に笑う。

「じゃあ飯は」

「一昨日の夜は菊乃がなんか作るつもりだったらしい買い置きをかじってしのいだが、それでほかにはなにも残りゃしねえ。だから昨日なんざ、朝昼晩とまるまる千歳屋だ」

冷や酒を酌みつつ、ぶっきらぼうに三左は言った。

「それにしたってご老中から手当てとして小判をもらってたからいいものの、なけりゃあ今晩の賭場まで俺ぁなにも食えねえところだった」

この日は六月の十七日であった。七のつく日は内藤家に、浅草で二足の草鞋《わらじ》を履く仏《ほとけ》の伝蔵が胴元の賭場が立つ日である。

「ほうほう。ということは相変わらずの素寒貧《すかんぴん》だったのですね」

「おう。自慢じゃねえが素寒貧だった」

三左は湯飲みになみなみと注いだ酒をあおった。

「なら、これからしばらくはずっと千歳屋ですか。なんか飽きが来そうですね」

「少なくとも今日はそうだが、まあ、ずっとってことにはなんねえだろう」

「え、どういうことです」

「しかたねえから今日な、お前ぇが来る前に、俺ぁ本所の吉田さんとこに行ってきたんだ」

「吉田さんっていうと、菊乃さんの」

「ああ」

「戻ってきてくれと」

「まあ、そんなとこだ」

「ははっ。やもめ暮らしは、二日でもう悲鳴ですか」

「それもあるがな」

三左は次の酒を湯飲みに注いだ。それで一升徳利はもう空であった。

「俺のことならなんとでもなる。朝昼晩で飽きが来たって千歳屋で構わねえ。腹が減りゃそれでも食えるさ。ただよ」

まず逆さに振って徳利から滴《しずく》を呑む。

「毎日外に出られて楽しいってあいつはいってたんだ。それに、保科さんからもらったはずの二両もあの家にとっちゃ有り難いはずだ。それをよ、変な勘違いでどっちもふいにしたんじゃや、可哀想《かわいそう》だろうと思ってよ。案の定、吉田さんはほっとした顔してたな。菊乃もまんざらでもなさそうだった」

徳利の最後のひと滴は、糸を引くようでなかなか落ちてこなかった。と同時に、右門からも返る答えがない。横を向けば、右門がまじまじと三左を見ていた。

「なんだ」

最後の滴が落ちて三左の頬を濡らしたのはその直後だ。どこか三左の生き方を暗示している感があった。

「ちっ。もったいねえ」

そんな三左を見て右門は口中に含んで笑った。

「なんでぇ」

三左は金の価値というか、金品の価値に頓着しない。全てに鷹揚《おうよう》であった今は亡き父兵四郎《へいしろう》と、どけちの次郎右衛門を順に見て育ったからだ。灘《なだ》の下《くだ》り物を気にせず喧嘩《けんか》の道具に投げつけることもあれば、こうして大した物でもない酒を大事そうに舐めるときもある。

「いえね。どっちも三左さんらしいと思いましてね。情に厚いのもさすがですし、その姿も」

なんだか意味がわからない。わかるはずもない。わかったら灘の下り物は投げないし、こういうときに酒も舐めない。

「言葉だけ聞けば、私が女だったら惚れそうに優しいですよ。三左さんならではだ。けど、その徳利をひっくり返す格好はどう見てもみみっちい。まあ、それも三左さんなんですけどね」

「うるせえ。おいとけっ」

が、人に言われれば照れも羞恥《しゅうち》もある。三左は言葉荒く徳利を置いた。

「そんなことよりどうだい、右門。なんか金になりそうな話はねえんかい？」

こんなときは話を変えるに限る。

「ありませんね」

つらっとした顔をして右門は即答であった。

「あったらこんなところまで、私が一升徳利ぶら下げてくると思いますか」

厄介事を抱えていれば大いにありそうだと思ったが黙っておいた。話しぶりからすれば本当に暇だから来たのだろう。

「そうか。ねえか」

三左は大きく全身に伸びをくれながら寝転んだ。

この組屋敷に住んで幾日も経《た》つが、今のところこれといってなにも起こらない。臭《にお》いもない。右門にそうは言ったが、実は金がどうのではなくなんでもいい。することがないのだ。身体《からだ》と時間を持て余すばかりである。

「まあ、あるといえば二十日近く前に大川端で土左衛門《どざえもん》が上がりましたがね」

「ほう。土左衛門が」

「いや。ですがきっと大それた話にも、三左さんに関わりがある話にもなりませんよ。掛かりも北町《きたまち》ですし」

三左は興味深げに身を起こしたが、右門は最初から手も首も振った。

「酔っぱらった侍のようで、それにしても北町の同役が言ってましたが、なにかする前に目付方が出張《でば》って来てすぐ持ってっちまったらしいです。あとはこれといって」

どうやら近頃の江戸市中は、平穏にして無事のようである。

「なんだ」

ふたたび横になって三左は天井を見上げた。木目の流れまですでに見飽きた天井である。

「……三左さん。よっぽど暇なんですね」

「おう。お前ぇと同じくれえにはな」

しばしの間があった。暇と暇が顔を突き合わせたところで大して面白みがあるわけもない。加えて酒のつまみもないときた。さらに言えば、二人ともそんな静けさを肴に酒を酌める歳でもない。

「おっと、三左さん。そうだ」

膝を叩きつつ先に空疎《くうそ》を破ったのは右門であった。湯飲みを置き、屋敷内をぐるりと眺め回す。

「ご老中に差し回された以上、ここもなにかあるってことですね」

「だろうな。ん?」

三左はなんとなく右門の言いたいことを感じてやおら身を起こした。

「お前、暇なんだったよな」

「ええ。珍しく三左さんくらいに暇です。なんでしたら、いいですよ。少し調べてみましょうか」

「言っとくが、暇なら政吉《せいきち》に振るのはなしだぞ」

政吉とは仏の伝蔵が浅草で営む口入れ屋、山脇屋《やまわきや》の手代《てだい》にして右門の手先も兼ねる男である。〈根津《ねづ》〉のとは本人が言い張るふたつ名だが、他人は〈寝ず〉の政吉で一致している。機転が利いて使い勝手のよい男だが、だからこそ放って置くと右門は政吉本人が言う限界の五日を目一杯まで寝かさずに使おうとする。

「はっはっ。大丈夫ですよ。なんといっても滅多にないことですが、私も三左さんくらいには暇なんで」

妙に気に障ることを言っている気もするが聞き流す。いちいち引っかかっていては話が先に進まない。次郎右衛門や嘉平と暮らしていると必然としてその辺の術《すべ》は備わる。

「なら言っとくが、面倒臭ぇぞ」

「それはどういう」

「この組屋敷の連中からは、おそらく女房子供に到《いた》るまでなにも聞けねえだろうってことさ」

「ははあ、聞けませんか。まあ、全体によそよそしい感じは受けましたが」

右門も剣はそれなりに遣う。空気くらいは読むだろう。

「おう、聞けねえな。口が堅いとかってんじゃねえぞ。それ以前の問題だ」

互いの行き来や近所づきあいの具合は、傍《はた》で見る限りではどこの町とも変わらない。ただし、三左を除《のぞ》いて、である。

主人家人女房子供の別なく、通りで三左に出会えば離れて会釈《えしゃく》くらいはする。ただそれも行きつ戻りつに逃げ場のないときだけだ。手近に路地があれば身を隠すように曲がるし、立ち話や《や》遊びの場面であっても屋敷内から三左が身を現せば、ひたりとそれまでのすべてを止めてそれぞれの役宅に戻ってしまう。

明屋敷番である三左に対する扱いは総じて腫《は》れ物や変人《かわりびと》、もっと言えば貧乏神疫《やく》病神《びょうがみ》のたぐいだ。

「しかもお前ぇは町方だ。支配違いで屋敷の前に立ってもよ、話を聞く聞かねえの前に、さて何軒が出て来てくれるもんかもわからねえよ」

「なるほど。それはたしかに面倒臭そうですね」

腕を組み、右門はなにやら思案げであったがやがて膝を軽く叩いた。

「仕方がない。また山手《やまて》さんにお願いして、目付方からまず、この家が明屋敷になった理由について聞きだして頂きましょうか」

山手さんとは南町奉行、山村信濃守《やまむらしなののかみ》の内与力《うちよりき》の名である。元々南町の切れ者として通る右門であったが、三左が明屋敷番を拝命することになった因《もと》である松平定信の暗殺を未然に防いで以来奉行以下の信頼はすこぶる厚く、たいがいのことは融通《ゆうずう》を利かせてくれる。

「おう、そうしてくれ。よし、決まった」

三左は大袈裟《おおげさ》に手を叩いた。

「てえことで、明日の夕方までにな」

「え、そんなに早くですか」

「善は急げって言うじゃねえか。払いは適当に俺が持つ。明日夕にみよしだ」

「って、大丈夫なんですか」

とは、大丈夫かとは払いのことだけではあるまい。

なんといってもみよしは、先程話にあったおつたが女将《おかみ》を務める船宿である。

「阿呆。大丈夫もなにも銭金の問題じゃねえ。そんなものはあとでどうにでもなる、ってぇか、どうにかする。それよりもお前ぇ、これでこのままなんにもしねえで放っといたらどうなると思ってんだ」

「ああ。……はは っ。それはそれで、怖いですね」

さして考えるまでもなく右門は笑った。

「ちっ。笑いやがって。お前ぇは暢気《のんき》でいいぜ」

「それはそうでしょう。他人事《ひとごと》ですから。それにしても」

右門は刀を取って立ち上がった。

「ふっふっ。山手さんもまさか、そんな他愛もない理由で急がせられるとは夢にも思わないでしょうね」

最後にそんな言葉を残して右門は出て行った。

「他愛もない、か。お前ぇらにとっちゃそうだろうがよ」

一人になった座敷で三左はつぶやいた。

「俺にとっちゃ、大問題だぜ」

湯飲みを大きく傾けるが、中身はすでに空を通り越して乾いていた。

五

右門が深川元町を訪れたこの日の夜は、恒例である内藤家での賭場開帳の夜であった。

昼間は暑かったが夕方から一天にわかにかき曇り、陽が暮れてからは流れるような霧雨の降る夜となった。

にもかかわらず賭場は始まる前から客でごった返し、大盛況の様相を呈した。

理由ははっきりしている。前回七日の賭場に老中、松平越中守定信が顔を出したからである。

定信の訪れは三回に一回の割りを基本にした不定期であり、続けて顔を出したことはないが、それでも賭場がごった返すのはさすがに老中、しかも首座の威光であったろう。なにしろ遊客の大半、特に賭場には場違いな礼装でやって来た者達はみな、盆《ぼん》茣蓙《ござ》の方ではなく辺りに目を光らせる連中であった。ようするに博打などどうでもよく、老中の知遇を得たいと望む者達ばかりなのである。

が、三回に一回の割りからいけば妥当であるが、客らの願いに反してこの夜、松平定信が来訪することはなかった。

そうなると二度目三度目の客ともなればわかったもので落胆も見切りも早い。時間にすれば五つを過ぎた辺りから三々五々と散っていき、四つ前になるころには賭場は早くもすかすかであった。すでに常連となった保科日向守が菊乃の父吉田孫左衛門といつもどおりいて、これもいつもどおりに負けたの取られたのと騒いでいたが、後半の騒々しさはそれくらいの寂しいものである。

(ちっ。これじゃあ)

満員御礼が半ばまでしか続かなかった以上、収支はそれなり止まりであろうと三左は推察した。その辺に当たりをつけるのはいつも次郎右衛門や伝蔵の表情からである。和算ができぬわけではないが、特に金に対して、三左はちまちまと積み上げてゆくのが苦手である。そんなことに腐心したところで、考えずとも勝手に出ていくからだ。

この夜の次郎右衛門は恵比寿《えびす》顔とはいかないまでもほくほく顔であったが、伝蔵はいくぶんの渋い顔であった。

であれば多少の上積みが見込める程度であったろう。そのくらいなら次郎右衛門がたいがいを掠《かす》め取る。二人の表情がその証《あかし》だ。となればおそらく、三左の実入りはなにも変わらないに違いなかった。

（ま、ねえよりましか）

納得はできないが心構えだけは作れば案の定、賭場がお開きになって三左の手の平に落とされたのは、場末の茶屋で酒を四本頼んだら終わりの銭であった。

上平右衛門町に越してからは、常にそのくらいである。

（それでも。まあな）

前よりはいい。本所の頃は酒二本分が限度だった。

我慢我慢と呟けば目の前で奮発奮発、無駄に使うでないぞと次郎右衛門が明《あ》け烏《がらす》のように騒がしかった。

我慢と奮発が交わることは決してあるまい。虚《むな》しい限りだ。

「好きなだけ言ってろ」

次郎右衛門を捨て置きにして座敷を横切り、

「……終わった。……今宵《こよい》も、終わった」

毎度のことながら博打の後は、片付けの政吉らに邪険にされながらも賭場の片隅でしばらく動かぬ日向守を横目に見つつ、

「じゃあな」

三左はおそらく、今も自分が主《あるじ》であるはずの屋敷を後にした。

この夜は胴元の伝蔵から、帰りしなの三左に用心棒のお呼びは掛からなかった。右門が暇を持て余しているくらいだから市中は穏やかなのである。賭場の収支に渋い顔の伝蔵が転ばぬ先の用心に金を払うわけもない。考えるのは転んでからだろう。

で、三左は一人外に出た。霧雨ではあったが、中ではわからなかったいくぶんの雨音も聞こえた。夜の深まりとともに雨が、少しずつ強くなりだしているようだった。

雨の中に傘を広げ、ぶら提灯《ぢょうちん》を提げる。

「仕方ねえ。今夜は茶腹で我慢するか」

昼間に右門と呑んだ酒以外口にしたのは賭場の茶受け、酒受けくらいだ。それもつまむ程度である。目一杯に食うと伝蔵は文句を言い、次郎右衛門は黙って三左の手の平に落とす銭を減らす。

帰りに少し遠回りをして夜鷹蕎麦《よたかそば》でもと思ってはいたが、雨音と袂《たもと》の小銭が立てる音が妙に調和した。

早く帰れ、食わずに帰れと。

抗《あらが》っても濡れるだけ、腹が減るだけなので三左はかえって深川元町への足を速めた。

さほどの刻を掛けず三左は組屋敷への辻まで立ち戻った。危惧《きぐ》された雨音は大して変わらなかった。

腹の虫が、雨音より袂内より大層《たいそう》な音を立てた。

「へっ。これなら食ってきた方がよかったかな。いや、未練未練」

自嘲しつつ辻を組屋敷方に曲がり、そこでふと三左は足を止めた。

曇天にして月なき漆黒《しっこく》の闇にしても、三左には鍛えがあった。ぶら提灯のほのかな明かりだけでもかなりのところまで見渡せた。

木戸口の手前から四軒目。三左が預かる屋敷の前に、深編み笠を被《かぶ》り、身につけた簑《みの》の隙間から太刀をのぞかせる一人の小柄な侍が立っていた。

なにもせず雨に濡れるにまかせ、ただうっそりと立っているのがいぶかしい。しかも、相手方も三左に気づいた様子であるにもかかわらず、漏れ出る気配の総量も流れもまったく変わらないというのは凡庸の者に出来る芸当ではない。

(なんだい)

三左は眉をひそめ、差した傘の縁を上げ気味にしてゆっくりと近づいた。侍は微動だにしなかった。

「なにか用かい」

侍まで二間の距離を置いて三左は立ち止まった。侍の簑に落ちかかる雨音までが聞こえる距離だ。

手にしたぶら提灯を雨の中に突き出せば、侍の様子が朧《おぼろ》に浮かぶ。

背丈は五尺あるかないかだろう。深編み笠と簑で歳ははっきりとはしないが、手の甲に浮き出た皺《しわ》と血管《ちくだ》の加減からすれば老人の域に差し掛かってはいるようだ。それにしては背筋がすっきりと伸び、姿勢には微塵《みじん》の揺るぎもなかった。

「おぬしが、この屋の新しき住人かな」

案の定の老声だ。優しげに聞こえてこちらも姿勢同様、老人にしてはどころではない伸びがあって力がある。

「そうだが」

誘われるようにして三左が答えた、次の瞬間であった。

老武士から突如として殺気が噴き上がり、いきなりの抜き撃ちが三左を襲った。風と雨が拍子を取ったかと聞き紛《まご》うほど軽やかな抜刀である。

油断はなかった。右足をわずかに引いていた。泥に足を取られたわけでもない。

それでも――。

「くっ」

かろうじて、といってよい肌身近くでしか三左は避け得なかった。だから身体に遅れた傘は見事に斬り上げられて宙を舞った。

老人の抜き撃ちは、背筋が寒くなるほどの速さと力を秘めた恐るべき斬撃であった。

「なにしやがっ！　ちっ」

だが、老人の奇襲はそれだけではなかった。過ぎた刃は老人の巧《たく》みな体《たい》さばきによってそれだけにとどまらなかった。

天から地から変幻自在にして息をもつかせぬ連撃である。その一刀一刀が雨を断ち割り緩《ゆる》みもなく三左を襲った。

二撃目で柄から断ち斬られたぶら提灯が、三撃目ではや老人の後ろで儚《はかな》く燃え上がっていた。飛び退《す》さる三左に遅れることなく老人は瞬速であった。

「っの野郎！」

老人に腹を立てるというより、濡れた大地におのれのばたばたとした足音だけ騒がしいのが三左には癪に障った。対する老人は滑るような足取りでかつ、深編み笠を揺らしてもいなかった。

避けて避けて辻を背にしたところで、三左は構うことなく泥に身を伏せ横に転がった。

それでも油断なく遅滞なく、

「ぶぁっ」

泥を吹きながら頭上に佩刀《はいとう》を抜き合わせる。

──ギン。

伸ばし切れぬ腕の真上で刃噛み音《ね》があがった。とはすなわち、命ぎりぎりであったということだ。

なおもそのまま嵩《かさ》にかかって押し込まれる刃を、不十分な体勢ながらも力業《ちからわざ》にかち上げる。

連撃を止めたのは老いに勝るただ若さとは、剣士として無様《ぶざま》ではあったがこのさい捨て置くことにする。相手の不意打ちを卑怯とは言わなかったのだ。代わりにおのれの若さを卑怯とも言わせない。

粒が大きくなり始めた雨が二人の間に割って入る。三左はここにいたってようやく、初手と同じ二間の距離を取り戻した。

泥水を滴《した》らせ、肩で荒い息をつきながら三左は立ち上がった。

老人は未だ燃え残るぶら提灯の小さな炎を背に、切っ先を地面に落として二間の先にうっそりと立っていた。殺気も這《は》うほどに総量を落としている。鮮やかなものであった。

侍の腕は、老人と侮《あなど》ることができないなどという生やさしいものではなかった。対《たい》峙《じ》した感じでは次郎右衛門を彷彿《ほうふつ》とさせるほどの手練である。言いたくはないが、ということは今の世に何人もおらぬ比類なき遣い手ということになる。

「ほう。おぬしもなかなかにできるようじゃの。名を聞こうか」

息ひとつ乱すことなく感情の高ぶりすら見せることもなく、老武士が問うた。

「内藤、三左衛《さんざえ》門《もん》」

負けじと息を整えようとしたが無理だった。かえって変な切れ目がついた。

「なに、内藤三左衛門とな」

途端、なぜだかは知らないが老武士から殺気が霧消した。

「おぬし、ここの前の住まいは」

「……上平右衛門町だが。それがどうした」

穏やかな声につり込まれるようにして答える。息はすでに整いつつあった。

「長いのか」

「いや、もともとは本所だ」

「それがなんでまたこの屋に」

老武士は立て続けに聞いてきた。

「なんでまたって言われてもな」

妙な流れだが三左は答えることにした。老武士の手練は先ほど死が見えるほどに味わっている。完全に息が整わぬうちにもう一度などとは、それこそ言葉遊びではないが死んでもご免であった。

「まあ、俺もなんだか知らねえがいつのまにか、否《いや》も応もなく明屋敷番ってのを押し付けられちまってな」

「なるほど。本所の内藤三左衛門か。なるほど」

と、老武士がおもむろに刀を鞘《さや》に納めた。立ち姿はそれで本当に元どおりだ。

「これは、とんだ勘違いをしたようじゃ。だが、勘違いもときに拾い物を産む」

なにやら訳のわからないことを言いつつ深編み笠も取る。現れたのは案の定、次郎右衛門とさほど変わらぬ年回りの老顔であった。ただし猛禽《もうきん》のように目つきが鋭く、一見して並みの老爺とは比べようがないとはよくわかった。

「なんだい。もう仕舞《しめ》ぇかい」

「おう。仕舞《しま》いだ」

いきなり満面の笑みとなる。存外に人懐こい笑みであった。

「……って、あれだけのことをしといてそれだけかい」

「ん？　おお、そうじゃな」

老武士はぽんと手を打った。

「謝るわ。ほれ、このとおり」

あっさり頭を下げられては文句の続けようもなかった。虚を突かれたに等しい。

そうして、開いた口がふさがらぬ三左の脇を擦り抜けるようにして老武士は闇の中に去って行く。

あまつさえ、

「早く着替えた方がよいぞ。風邪を引くでな」

捨ての言葉はそれである。

こりゃあどうも、などという雰囲気は当然三左にはない。

老武士を狐《きつね》につままれた気分で見送る三左をよそに、次第に勢いを増してゆく雨がその背中をすぐに見えないものにした。

第二章　旧友

一

雨は未明に上がり、翌日は朝からの晴天となった。

陽の出とともに江戸の町全体が蒸し上がるようである。

この日、上平右衛門町の内藤屋敷の門前に朝早くから一人の深編み笠の男が立った。

「ここか。なるほど、内藤家の格式にはこのほうが相応《ふさわ》しかろうが」

堂々たる構えの門を見上げながら深編み笠を取る。現れたのは猛禽の目をした、前夜の老侍の顔であった。

「ご免」

朗々たる響きの声を内に通す。

「はい。ただいま」

即座に返ってくるのはこれも同じような老声にもかかわらず、侍に負けず劣らずのよく伸びる声であった。自身内藤家の用人を任じてはばからない嘉平の声だ。

「ふっふっ。聞き覚えがあるぞ。若人若い衆《わこうど》とばかり思うていたが、やはりあやつも歳を取るか」

老侍は笑いながら呟いた。苦笑に見えた。

さほど待つ間もなく、腰を低くして嘉平が姿を現し、

「おや」

慇懃《いんぎん》なこの男には珍しく、一瞬目を丸くして固まった。

しばし、互いを見つめて空疎な時が流れる。どちらも相手の顔を見ながら、透《すか》して遠くに思いを馳せるような目であった。

まず先に口を開いたのは老武士の方である。

「嘉平か。無沙汰をした。ずいぶんと久しいの」

やけにしみじみとした口調で老侍は告げた。

「こ、これは。お久しぶりでございます」

我に返ってか、いくぶん慌《あわ》て気味に嘉平が腰を折った。これも、この男には珍しいことである。

「三左いや、次郎右衛門はおるかの」

驚いたことにこの、前夜三左を襲った老侍は嘉平のみならず、次郎右衛門のことも知っているような口振りであった。

「はい。在宅でございます。なんとも、主も喜ばれましょうぞ。ささ、笠井様《かさいさま》。どうぞこちらへ」

嘉平に式台へと促され、笠井と呼ばれた老武士は孤剣を鞘《さや》ごと抜いて腰を下ろした。

「ただいま濯ぎを」

「おう。頼む」

老武士が頷《うなず》くと、嘉平は小走りに井戸端へと去った。

それを見送る老武士の口辺に、また小さな笑みが浮かんだ。

「月日は惨《むご》い、と申せようかの」

笑みはふたたびの、どうやら苦笑のようであった。

そうして老武士が嘉平の案内で奥へと渡れば、はや二人の遣《や》り取りを聞きつけていたのだろう次郎右衛門が居間に座っていた。

まずはどちらもなにも言わない。嘉平と老武士の先ほどとは違い、どちらも尋常ならざる強い目で相手を見る。心の奥底までをのぞこうとするかのようである。

やがて、ほうとひと息ついて視線を外し、老武士が顔を庭に向けた。向けて目の光を和らげ、しばし動かなかった。

いや、動かせなかったと言う方が正しいか。なんといっても内藤家の庭は天才作庭家、下川《しもかわ》親子腐心の作である。まず当代一の庭と言って過言ではないだろう。その庭では今日も陽の出とともにやってきた息子の方、天才中の天才、下川草助《そうすけ》が他事に我関せずといった様子で手入れに没頭していた。

「よい庭だな。隙がない」

ぼそりと老武士が口にする。

「そうじゃろう」

満足げに次郎右衛門が受け、これでようやく会話が始まった。

時を合わせるようにして人数分の茶を運び、嘉平も次郎右衛門の後ろに控えて座った。

「久しいな」

喉《のど》を湿らすひと口の茶をふくんでから、やおら老武士が切り出した。

「そう。もう三十年近くにもなろうかの」

次郎右衛門の答えに、そんなになるかと呟いて老武士は茶を飲んだ。

「近所で聞いたぞ。今は次郎右衛門を名乗りおるとか。よりにもよって剣聖小野《おの》次郎右衛門忠明《ただあき》か。ふっふっ。無頼のおぬしらしい名乗りじゃ」

内藤家は代々当主が三左衛門の名を継ぐ。であれば次郎右衛門も当然昔は三左衛門であった。次郎右衛門とは義息である現三左の父、亡き兵四郎に家督を譲って以来の名乗りである。

「ふん。無頼はどっちじゃ。なにもかにも放《ほ》っぽりだして三十年なぞ、それこそ儂には到底できんがな」

「そう、長い年月だ。お互い、見分けもつかんほどになるには十分じゃな」

老武士は次郎右衛門の辛口を柳が風を受けるごとくにさらりと受け流した。

「ともに歳を取ったわ」

老武士は言いながら視線を動かした。三度目の苦笑がその口辺に浮かんでいた。

「嘉平もな」

「はぁ」

「月日を思えば納得もできるが、笑えもする。あの頃の美顔がまるで見る影もないの」

「いや、これはどうも」

次郎右衛門の後ろで額に汗を浮かべながら嘉平が頭を下げた。

どうやら嘉平は、この笠井という老武士の前では緊張するもののようである。

それにしても――。

はて今、老武士はなんと言ったのだろう。

たしか嘉平の、あの頃の美顔がどうとか。

「おぬしが道場に立つ時は外からでもわかったもんじゃ。なんといっても明かり取りに見物の娘らが小雀《こすずめ》のごとく群がっておったからな」

「いや笠井様。そう何度もおっしゃらずとも」

嘉平の額から汗が落ちた。

三左だけでなくおつたも、あるいは右門や菊乃でさえ、この場にいたらきっと飛び上がって驚いたに違いない。

錯覚ではあろうが三左をはじめとする若者らにとっては、嘉平は今の嘉平のまま、そのまま昔から次郎右衛門の後ろに控えている感覚であったろう。

「姿形は変わるもんじゃの。ではさて」

老武士は視線を次郎右衛門に移した。

「門弟らへの稽古そっちのけで、その娘らから見料を取り歩いていた師範代のせこさは変わったかの」

「やかましい。それが商売と申すものじゃろうが」

「ふっふっ。剣士が、それも師範代が金儲けを口にするか。変わらんな。はっはっはっ」

仏頂面《ぶっちょうづら》で次郎右衛門はそっぽを向く。

なかなか次郎右衛門にここまで歯に衣《きぬ》着せぬ物言いを出来る者はいない。これも三左がこの場にいたら拍手喝采《かっさい》したに違いない。

やがて頃を見たか、老武士はひとしきりの笑顔を見せた後、さてとつぶやいて膝を打った。

「それにしても三左いや、次郎右衛門」

口元が引き締まり、目に強い光が揺蕩《たゆた》う。剣士の目だ。

「おぬしを見て儂の三十年にも迷いが出たわ。よぼよぼの爺いを想像も期待もして会いに来たが、どうしてどうして、江戸府内においてもそこまでに到るか。外に出ずとも、為《な》せば成《な》るものじゃな」

「ならば儂も世辞抜きに、おぬしの勝手な武者修行を日々から逃げただけとは申すまいよ。見る限りおぬしも、どうやら外の三十年を怠惰《たいだ》に流れることなく生きてきたようじゃ。いや、より壮絶にかの」

「……壮絶に、か。がさて、それが良かったか悪かったか。儂にはわからん。答えは、天だけが知るところかの」

かすかな寂しさをにじませつつ、老武士はふたたび庭に顔を向けた。

二

老武士は名を笠井甚十郎《じんじゅうろう》という元徒目付であった。それも徒目付中で老中直々《じきじき》の下命《かめい》を受ける、四名だけの〈常御用〉のうちの一人であった。歳は次郎右衛門と同じ六十二歳で、かつては本所亀沢町《かめざわちょう》にある直心影流《じきしんかげりゅう》の道場に学んで笠井ありと知られた男である。

次郎右衛門と甚十郎の付き合いのきっかけは、はるか若い時分までさかのぼる。当時放蕩《ほうとう》無頼にして豪放磊落《らいらく》に生きていた次郎右衛門は、おのれが学ぶ蛎殻町《かきがらちょう》の一《いっ》刀流《とうりゅう》道場で稽古相手に恵まれず、勝手稽古と称して甚十郎の道場に乗り込んだのである。

次郎右衛門が甚十郎が学ぶ道場を選んだのは偶然である。同じ本所で、亀沢町の道場が単に屋敷から近かったからに過ぎない。

加えていうなら、おのれに匹敵する腕の持ち主がいようなどとも思ってはいなかった。ただ思う存分に暴れようと思っただけとも言えた。おのれが通う道場ではそうはいかないのだ。

だが次郎右衛門の目論見《もくろみ》に反し、そのとき進み出て相手を務めた甚十郎との勝負は伯仲にしてなかなか決め手を得られず、結果としては五分分かれだった。

実力を認めたということもあるが、次郎右衛門は甚十郎の飾り気のない、剣に真《ま》っ直《す》ぐな気性がいたく気に入った。以来、ときに酒を呑み、ときに剣を交えて汗を流す間柄となった。双方の道場を行き来し、いつしか誰からともなく流派を超えて竜虎と呼ばれるようにもなった。

交誼《こうぎ》は十年も続いただろうか。

それが正確には二十八年前のとある日、妻を流行病《はやりやまい》で亡くしてまもなく、甚十郎は若隠居の届を出してふらりとどこぞへ消えた。しばらくしてからそのことを知った次郎右衛門が聞き及ぶところでは、剣極めんとの望み断ち難くと称し、武者修行に出たということであった。

以来、この日まで次郎右衛門は一度として甚十郎に出会したことはなく、風の便りにすらその消息を聞いたことはなかったのである。

「で、その三十年も音沙汰なかったおぬしがどうしてまた江戸に舞い戻った」

次郎右衛門の目に炯々《けいけい》とした光が宿った。ゆるゆると全身から立ち上る気もあった。闘気であろうか。

「ふっふっ。相変わらず血の気《け》は多いようじゃな。枯淡《こたん》という言葉を知らんか。のう、次郎右衛門」

甚十郎はまともに取り合おうとせず緩《ゆる》く首を振った。

「まさかおぬしと仕合うつもりで出てきたなどとは申さんよ。今では、下手《へた》をしたら竹刀《しない》でも生き死にになるかもしれんからな」

「では」

次郎右衛門はふと全身の気を緩めた。

「おう。そう申さば一粒種がおったな。そっちの方か。それで出てきたか」

「さて。……まあ、よいではないか。他意はない」

言葉を濁すが、と次の瞬間、甚十郎は急に口元に手を当てた。次郎右衛門も嘉平も眉をひそめ、甚十郎のいきなりの変わり身を怪訝そうにながめた。

やがて甚十郎は肩を震わせて細かい咳《せき》をし始めた。いやな咳である。

「甚十郎。おぬし」

なにも聞かずともわかった。見る間に甚十郎の口元に当てた手指の間から、少量ではあったが鮮血がこぼれ始めたからである。

「ふっふっ。大したことはない。その程度には鍛えておる。ひと月ふた月ということはあるまいよ」

咳の収まった甚十郎が答えながら壮絶に笑った。口元に鮮やかな血をまとわりつかせながら。

嘉平が天井を振り仰ぎ、ほうと深い溜息をついた。ついたが、ただそれだけである。

「そうか。わかっておるならよい」

次郎右衛門も一声は短い。哀しみも憐れみも言葉にはにじまない。いや、にじませないのが礼儀だ。

常に死生の間境《まざかい》に身を置き、その場その時に臨んでさえ不動不惑とは、剣士であれば誰しもが腹の底に飲んでいなければならない覚悟である。泣きたいほどに鮮やかな覚悟だ。もちろん次郎右衛門にもある。嘉平にもあるだろう。

「青山《せいざん》を求めて江戸に戻ったのか」

「馬鹿な。たとえそうだとしても、おぬしに死に水を取ってもらおうなどとは微塵も思わんわ」

甚十郎は緩く頭を振りながら取り出した懐紙で手と口元をぬぐった。

「ただ、ふらりと戻った。本当にただふらりと戻ってみた。そうしたら偶然にも出会ってな。四十年ほども前のおぬしにそっくりな明屋敷番に」

「四十年。……おっ。もしかして三左に会うたか」

「会うた。それで、おぬしが懐かしくなって寄ってみた。それだけのこと」

「ん？」

しばし視線をさまよわせ、

「おう。そうか」

次郎右衛門はぽんと手を打った。

「徒目付組屋敷、深川元町と聞いて妙に引っかかっとったが、もしかして」

「そう。そのものずばりが、元々は我が屋敷でな」

「ほっ。そうであったか」

「おぬしの孫、今の三左衛門か。風貌は違うが滲《にじ》み出る気といい野放図なところといい、昔のおぬしに瓜二《うりふた》つじゃった。違うといえば四十年前の、おそらくおぬしや儂さえ置いてずんとできるかの。恐ろしいほどの冴《さ》え、うらやましいほどの天稟《てんぴん》じゃ」

「ふん」

次郎右衛門は苦虫を嚙み潰《つぶ》したような顔をした。

「おい甚十郎。そのこと、口が裂けてもうちの阿呆には申すなよ。図に乗る。乗れば果てまでゆく奴じゃ」

次郎右衛門の背後で嘉平も大きくうなずく。

「ふっふっ。そんなところまで四十年前のおぬしに似ておるのか。のう、嘉平」

次郎右衛門に直接聞かず、甚十郎は話を嘉平に振った。

「放っとけ」

と次郎右衛門は吼《ほ》えるが、その後ろから問われた嘉平の、左様でございますなという諾《だく》が聞こえた。

次郎右衛門が肩越しに振り向いてため息をつく。

「まったく。おぬしは昔からこいつが苦手じゃの」

「はっ。申し訳ございません。なにぶん、大殿使われるところの伝蔵のようなものでして」

嘉平はわずかに首をすくめた。ようするに完膚《かんぷ》なきまでに叩きのめされたことがあるということだろう。

そんな常にあらぬ嘉平の様子をしばし眺め、次郎右衛門はやれやれと呟きながら向き直った。

「似ていようがいまいが甚十郎、そんなことはどうでもよい。それよりおぬし、今どこに住んでおるのじゃ」

次郎右衛門は強引に話を変えた。

「はて。どこと申して三十年ぶりに舞い戻ったばかりじゃ。決めた塒《ねぐら》などあるわけもないわ」

「だろうと思うた。そんな身体で。馬鹿め」

次郎右衛門は吐き捨てた。

「不養生と士《さむらい》の潔さを履き違えまいぞ」

いや、強引ではないかもしれない。目になんともいえぬ光があった。

「わからんな。ふっふっ。わからんが」

甚十郎は首を振りつつ笑った。

「わかることもある」

「ほう。なんじゃな」

目の光がますます強くなる。

問われて甚十郎は、腕をまっすぐ次郎右衛門に伸ばした。

「変わらんその目。それは、おぬしがなにかよからぬことを企《たくら》んどるときの目じゃ」

次郎右衛門は満面の笑みを見せた。

「当たりじゃ」

童《わらべ》のような悪戯《いたずら》げな笑みである。とは、少しばかり邪悪に見えないこともない。

「おい、甚十郎。埒がないなら、三左のところに転がり込めばよい」

「はて。いや、それでは」

次郎右衛門は甚十郎の言葉を手で制した。

「気にすることはない。元はおぬしの役宅であろうが。儂もそういう屁理屈で屋敷に堂々と賭場を開いておる。大丈夫じゃ。あやつは、理屈と道理と情に弱い」

「ふむ」

甚十郎は腕を組んで暫時《ざんじ》考えた。

「ありがたいにはありがたいが、ありがたついでに問わばおい三左、いや、次郎右衛門。広いこちらの屋敷ではなく、なぜ今の三左衛門のほうを勧めるな」

「決まっておるではないか。その方が面白そうだからじゃ」

次郎右衛門は胸を張った。

「それとも、おぬしが旅に命を削ってでも江戸に出てきた理由まで突き詰めねばならんか。無論、物見遊山《ゆさん》などではあるまいな」

甚十郎の気が膨れ上がった。重い気である。

「おぬしにそれがわかると」

「わかるわけなかろう。じゃが」

次郎右衛門の気も膨らむ。こちらも硬く重い気だ。

「明屋敷とおぬしの出府《しゆつぷ》。どちらかだけならたまたまも、重なれば必然の臭いが立つわ」

「……ならばあちらを勧めるのは、いらぬ情か」

「阿呆め。面白そうだからじゃと申しておろうが」

せめぎ合いにも似た気の応酬は、一方的に次郎右衛門の勝ちであった。甚十郎の気は一瞬にして掻き消えた。

「目利きの鋭さ、口の悪さ。変わらん。本当になにも変わらんな、次郎右衛門」

「何度も申すな。ただ甚十郎よ。面白そうだからとは本音じゃが、もう一方を申さば、そもそも三左はただの明屋敷番ではない。ご老中直々のご下命あっての明屋敷番と、そういうことでな」

「……なるほど。左様であったか。ふっふっ。次郎右衛門よ。その情の深さも、また変わらんのだな」

やおら、甚十郎は畳に両手を突いて頭を下げた。

「ありがたく、受けることにする」

次郎右衛門は答えることなく、いや、見ることを避けるかのように庭に目を向けた。

庭では蟬時雨《せみしぐれ》の中で下川草助が、飽くことなく一心不乱に庭木に向かっていた。

三

この夕、三左は右門と待ち合わせのみよしに赴《おもむ》いた。

夏の夕べである。人足《にんそく》が蒸し暑さから逃れ、涼を求めるべく川辺へと向かうものか、船宿であるみよしは繁盛していた。店先に立てば、中から仲居らの忙しげな声が聞こえた。川岸の船着場からも、嗄《しゃが》れてはいたが辰吉《たつきち》の威勢のよい乗り舟を差配する声が聞こえた。辰吉は古参の船頭である。

「邪魔するぜぇ」

三左は努めて堂々と暖簾《のれん》をくぐった。

くぐったはいいが、ちょうど川岸の舟待ち客に茶を運ぼうとするおつたと真正面に出会わせばさすがに笑顔も固まる。

「よ、よお」

「なにか用でも？」

「なにか用ってお前ぇ」

案の定、つれなさはまったく変わっていない。

「ここに唐辛子だの飴玉を購《あがな》いにくるわけもあるめえ。酒と肴に決まってんじゃねえか」

「あら、どっちも菊乃様にお願いすればよろしいじゃありませんか」

「よろしいわきゃねえ。おつた勘違いするなよ。あれはだな、お節介の保科さんがやもめ暮らしに蛆《うじ》が湧くってなもんで勝手に頼んで押し込んできてだな」

「知ってますよ。あの後でご隠居様に聞きましたから」

おつたの答えはにべもない。

「知ってんならそうつんつんすることねぇじゃねえか」

「つんつんなんてしてませんよ」

といいつつ、おつたはつんつんとして横を向いた。

「そっちこそなにさ。でれでれと鼻の下伸ばしちゃってさ」

でれでれも鼻の下を伸ばしてもいないつもりではあったが三左は黙った。悋気《りんき》を赤々と燃やすおつたには、なにを言っても火に油を注ぐだけとは誰が見ても明らかであった。

「ま、いいや。空いてるかい」

三左は天井を指差しながら言った。

「おかげ様で、あいにくと今日は全部ふさがってますよ」

本当かと喉まで出掛かるが、様子を見ればあながち嘘とも言えない。そもそもそんな、おつたを疑う言葉を口にしたら嘘か真《まこと》かはさておき大爆発は必至であろう。

と、そのとき、

「女将さぁん。富士の間のお客さん、お帰りですよぉ」

階上から歳若い仲居の声がした。

三左はかすかに笑いながら片眉を動かして見せた。

おつたはため息にも似た吐息をつき、

「運がいいわね。聞いたとおりよ。富士の間ですって。でも忙しいんだから、つけならお断りですからね」

盆の上の茶を思い出したか慌ただしく川岸に出てゆく。

「わかってるよ、んなこたぁ。これ以上、お前ぇを怒らせることはしねえよ」

おつたの残り香にやわらかく告げ、三左は腰の大小を鞘ごと抜いた。

とりあえず、なんとかみよしに上がることはできた。おつたの冷たいあしらいは覚悟の上だ。

三左は懐に手をやった。

「今日で使い切りになっちまうんだろうが。ま、しかたねえか」

深川元町で一人暮らしは始まったが大半を菊乃の給仕で暮らしていた分、そこには当座の費用に保科日向守からもらった一両が大して減りもせず残っていた。

若い仲居の案内で二階に上がってみれば、本当に空いていたのは富士の間だけであった。三左は余計なことを口にしなくてよかったと胸を撫《な》で下ろすことしきりである。

この日は、西の端に陽が落ちかかる時刻になってもなかなか蒸し暑さが去らなかった。そのせいというかお陰というか、みよしはますますの繁盛だ。

そんな中、

「いやあ、暑いですね」

汗を拭きながら右門がやってきたのは夜の始まり、暮れ六つを少し過ぎた頃だった。三左はすでに銚子四本を空けていた。

三左は酒は相当にいける口だ。だからこれくらいで酩酊《めいてい》することはないが、それにしても四半刻ほどで四本はさすがに少々多めであった。

遅えぞと三左が酔眼で睨めば、昨日の今日ですし一人ですし、そうそう上手《うま》くはいきませんよと右門はあっさり流した。

「下で女将に挨拶しましたが、いたって普通でしたよ。うまく仲直りできたんですか」

「これが、できたように見えるかい」

三左は膝前に目を落とした。促されるように右門の視線も落ちる。

空の銚子が転がりまだ二本の銚子が立つが、ほかにあるのは青菜のお浸し、ようするに前菜というかそれだけである。それも、彩《いろどり》の繊細さなど微塵も感じられないどんぶりに、盛り付けの妙もまったく感じられないどか盛りだ。逆にこれはこれで意思を伝えて大したものだともいえる。

「なるほど。これはたいそうに扱いがぞんざいですね」

「俺ぁ、行者《ぎょうじゃ》や坊主じゃねえってんだ」

「まあまあ。私にぼやいてもなにも解決しませんよ」

「そんなこたぁわかってら」

「でもまあ、二階に上がれただけでも一歩前進でしょう。くっくっ。このお浸しは、さすがに面白すぎですけどね」

右門は喉奥で笑いながら三左の向かいに腰を下ろした。

待つほどもなく案内と同じ仲居が右門の膳を運んできた。

「あのう、これでってことなんで」

若い仲居がすまなそうにいう。

「はっはっ。いや、お前ぇが縮こまることはねえよ。はっはっはっ」

右門は自分の前に置かれた膳を凝視するだけでなにも言わないが、三左は高笑いだ。

右門の膳に載っているのは銚子が二本と青菜のお浸し、それだけだ。しかもお浸しは三左同様、これ以外はなにも出ませんと暗に告げているかのようなどんぶりに山盛りである。

「はあ」

仲居が去ると同時に右門は溜息をついた。

「そうがっかりするこたぁねえやな。青菜ったってみよしで出す料理だぜ。これはこれで美味ぇよ」

三左はどんぶりを取り上げ、汁掛け飯のように青菜を掻き込んだ。最前からちまちまとつまんで飽きたといえば飽きていたが、肩を落とす右門の姿にささやかな優越感を味わって食えばまだ食えた。というか実際に美味かった。

右門が顔を上げ、恨めしそうに三左を見る。

「三左さん」

「ん？」

「これは、仲直りしてもらわないと困りますね」

「ひょんあほと」

とりあえず口中の青菜を飲み下す。

「そんなこと言ったってお前ぇ。こればっかりはよお」

「なにがなんでも、どうしても仲直りしてもらわないと困ります」

「…………」

右門の目に炎が宿っていた。食い物の恨みは恐ろしいというが、冗談では済まない光である。ひとまず三左は、はい頑張りますと答えるしかなかった。

「とりあえず、食えや」

「言われなくたって食います。なんたってほかになにもないんですから」

「そりゃそうだわな」

三左は五本目の銚子に手をつけ、右門は山盛りの青菜に箸をつけた。

しばし黙々と呑んで食う。

周りの座敷の賑《にぎ》わいを聞くにつけ、青菜の色合いがやけに目にも胃の腑《ふ》にも染みてむなしかった。

なんで私までとぶちぶち文句を言いつつも、結局右門は瞬《また》く間にどんぶりの青菜を空にした。

「よく食うな」

「そりゃあそうでしょう。頼み事をしたのはどこのどなたでしたっけ。山手さんにお願いしたのはいいですけど、急ぐならおのれで聞いてこいと添え状を下されてしまいましてね。目付方に出向いたりなんだりと、このことで丸一日を使ってしまいました」

なんだかんだ言ってもそれで腹が減っていたようである。おもむろに酒に手を出したのは青菜をかたづけたその後だ。

「まったく知りませんでしたがね。ほやほやのほやほやですよ」

右門がそう切り出したのは、さらに杯に三杯を呑んで腹も喉も落ち着かせてからだった。

「なにがだ」

「あそこが明屋敷になった日ですよ。いや、正確には明屋敷然となった日ですか」

なにやらわかったようなわからないようなことを言う。なので三左が考えていると、今から十日前、と先に右門が口にした。

「しかも案の定に、その理由がまたきな臭くてですね」

どうやらあの深川元町の屋敷の主はこの月の六日、遅くなった下城の帰り道で同僚と口論になり、斬り合いに及び、果ては相打ちとなって死んだらしい。

「ほう。なんて男だい」

「笠井信太郎《しんたろう》という徒目付です。ちなみに死んだもう一方は佐々木栄介《ささきえいすけ》」

酒の上の口論ということで大して調べることもせず裁決だけは早かったようだ。喧嘩両成敗の則に従い、結果両家とも家名断絶の沙汰《さた》が下る。それにしても正式に沙汰が下ったのは三日前だとも右門は言った。

「なんでえ。じゃあ三日より前の分は、俺ぁ勝手に人ん家《ち》に住んでたってことかい」

「結果から言えばそうなりますか。ただですね」

佐々木家は栄介に妻子なく老母が一人ということで屋敷の明け渡しは当面の間寛恕《かんじょ》されたという。が、笠井家には残された妻女も一子もあったが、沙汰が下る前から一子源吾《げんご》はどうやら勝手に行方《ゆくえ》知れずとなり、妻女も実家に早々と戻っていたらしい。

「外聞もあってか、葬式も妻女の実家でひっそりと執り行ったようです」

で、この深川元町の屋敷は沙汰も待たず、当主信太郎の死から二日後にはすでに明屋敷も同然であったのだと右門は結んだ。

「なるほどな。それで十日前が明屋敷然となった日か」

思えば保科日向守が内藤家にやってきたのは、それから二、三日後のことである。事の起こりからの時間的な辻褄《つじつま》は符合している。

「それにしても、斬り合いにまでなる口論の理由とはいったいなにか。いや、本当に生き死にまでの斬り合いがあったのか。一子源吾はどこに消えたのか。妻女がすぐ実家に帰ったのはなぜか。いやそれ以上に、私がちょっと調べただけでもこれほど芬々《ふんぷん》たる臭いがするにもかかわらず、目付方の調べがおざなりなのはどうしてか」

右門はそこで言葉を切って腕を組んだ。

「いやはや。三左さん、明屋敷は漬《つ》け物樽《ものだる》も同じでしたっけ。ご老中も上手いことをおっしゃったものです」

ひとり感心してしきりに頷く。

放っておいて三左は顎をざらりと撫でた。

「てぇことは」

まず考えなければならないのはこの屋敷の当主、笠井信太郎の死の理由であろうことは明らかだ。全《すべ》てはそこに起因する。

と、そこまで思考を進めてふと三左は前夜のことを思い出した。

「おっ、そうだそうだ。おい右門。その話の中に爺さんは出てこねえかい。えらく凄《すご》腕《うで》のよ」

「えっ。なんですか」

「いや実はな」

興味深そうに食いつく右門に三左は前夜の一部始終を話した。

「危うく死ぬとこだった。ありゃあ相当だ。うちの爺さんと比べたって、どっちがって言われりゃあ俺にもわからねえ」

「えっ。三左さんとこのご隠居並みですか。ほうほう」

右門の目が町奉行所同心のそれになって光を増す。

「それはますます以《もっ》てきな臭い。けど残念ながら、調べ書きを見る限りでは爺さんのじの字も出て来ませんでした。もっとも、大した調べ書きではありませんでしたが」

「そうかい」

三左は腕を組んで天井を見上げた。

「なら、あの凄腕の爺さんはなんなんだ」

わからないことがひとつ増えた。

「引き続き探ってみましょうか」

「おう。やってくれるかい」

「ええ。どうやら、どう転んでも無駄足になることはなさそうですし」

すまねえなと言いつつ三左は自分の銚子を右門に差し向け、

「ついては何度も言うようだが、政吉は使うなよ」

念を押すように付け加えた。使おうにも目付方に探りを入れるか、この不気味な組屋敷の連中に口を割らせるかしか今のところ手立てはあるまい。なら、伝蔵の下っ引きでしかない政吉の出番はないのだ。使ったところで当たり所とてなく、夜の巷《ちまた》を徘《はい》徊《かい》することになるのは目に見えている。ただ寝る時間がまた減るだけのことだ。

一瞬えっとでも言いそうな顔になったが、右門はこらえたようで口にしなかった。

「はっはっ。わかってますよ。私だけ働くのが癪に障るからなんてこれっぽっちも思ってませんから」

どうやらそう思っていたようである。

「こっちだって何度も言いますがね、三左さん。私は暇なんです。ただぶらぶらしててもですね、身体がというより頭が鈍っちまうだけですから。ええ、やりますよ。念押しされなくたって一人でやりますよ。目的がなにもないよりずんといい」

「目的ね。目的、か」

三左はその場にごろりと横になった。

「お前ぇは役目柄の目的があっていいだろうがよ。俺ぁどうにも、近頃は金に縁のないことばっかりしてるような気がして仕方ねえぜ」

「なに言ってんですか。それでも明屋敷番としての給金というか手当ては入るでしょうに」

「あてにはならねえがな」

天井を見つめていると目が廻った。少々呑み過ぎたようである。

「それに、それをお偉いさんからもらってもよ。稼ぎっていうより、どうにもおこぼれって感じがしてならねえ。そもそも俺は小普請《こぶしん》だぜえ」

口を衝《つ》いて出る言葉も酒に浮き上がる愚痴のようなものになってきた。

「でも今は明屋敷番でしょう？」

「そこんとこがな、最初がうやむやだったから未だによくわからねえ。だいたいお前え、本来の明屋敷番だったたってよ。ひと月と経たずにこんなふうに転々と引越しするかい？　しかも一家の中から一人だけでよ」

「さて。私に聞かれても」

「まあそうだろうな」

三左は自嘲気味に笑った。

「いや、真面目《まじめ》に聞かねえで聞き流せ。こりゃあ愚痴だ。それにしてもよ」

よっと勢いをつけて起き上がる。

「どうにもご老中と狸奉行に、いいように使われてるだけって気もするが」

「まあ、そっちが当たりでしょうね」

どうぞと右門が自分の銚子を差し出してきたが断った。できればそろそろ茶が欲しいところであった。

「そうですか。なら」

右門が廊下に向かって手を打った。はぁいと仲居の元気のいい返事がした。

「青菜のお代わりなら出るのかな」

勘定かと思ったら右門はつらっとした顔で、現れた仲居にそんなことを言った。

「はぁい。出ますよぉ。これならいいって女将さんに言われてますよぉ」

「なら、ひとつ」

お待ちくださぁいと受け合って笑顔の仲居が障子を閉めた。

「……お前ぇ、まだ食うのかい」

「まだなにも、これだけしか食ってないじゃないですか」

「これだけって。で、また青菜かい」

「ありがたいことに青菜だけにしてくれたのは、どこのどなたでしたっけね」

また右門の目に同心のものではない炎が燃え始めた。

「え、あ、すまねえ」

「なんにしても私は、夕餉はここですませるつもりで来てますから。青菜だけだろうと梅干しだけだろうと食える物はとことん食いますよ」

「――ああ。そういうことか」

どうやら右門の言うこれだけとは、品数のことではなく量のことのようだ。話が嚙み合わなかったのは三左の酔いのせいだろう。

それにしても、どんぶり二杯もよく青菜ばかり食えるものだ。右門は本当に行者か坊主の生まれ変わりかも知れない。

「好きにしろ。食いたいだけ食え。俺ぁ、少し寝る」

三左は手枕で横になった。酔いを覚ますためもあるがそれ以上に、どんぶりの青菜はもう見たくなかった。

四

結局三左は寝られなかった。右門が美味そうに青菜を嚙む音が耳についたからだ。

それでも右門の夕餉らしきものが終わるまで目を瞑《つむ》っていれば天井が廻ることはなくなった。酔い覚ましにはなったようだ。

散々な宴席ではあったが、肴が青菜だけだったので払いが大した額にならなかったことだけは、ささやかながらにも不幸中の幸いであったろう。

「おう。いい月夜だぜえ」

夜が深まるとさすがに風も涼やかだ。

三左は懐手でぶらぶらと深川元町までの家路を辿った。ほろ酔い加減にいい調子の端唄《はうた》まで出るが、組屋敷に曲がる辻まできてふと足を止める。

「けっ。またかよ。無粋《ぶすい》の極みだぜ」

見れば組屋敷の手前から四軒目、三左の役宅の前にまた前夜の老武士が立っていた。目ざとく辻の三左に気づくと、小脇に抱えた深編み笠を高く差し上げて振った。なぜかもう一方の手には一升徳利を提げている。

「おう。遅いな。夜鷹買いにでも行っていたか」

月影に照る限りには満面の笑みも見えた。

とはいえ油断はしない。しては一瞬での対応ができないほどの凄腕だと骨身に染みてわかっていた。

心気ばかりは酔いを排除し佩刀に手をかけつつ近寄るが、妙なことに老武士は前夜のように抜き撃ちを仕掛けて来るには素立ちであり、気配もさらに緩かった。

と、

「そう構えるな」

老武士は笑顔のままに三左の身構えを手で制した。

「じゃあなんだい」

好々爺然《こうこうや》とした笑みに乗せられそうになるがまだ油断はしない。いや、できない。

「ふっふっ。なにもせんよ」

まだわからない。

「いやなに。おぬしのところにな」

まだしない。

「しばらく、泊めてもらおうと思うてな」

「……はあ?」

唐突に異なことを言われて思わず気が抜けた。

しばらく?　泊める?

なんのことやら。

「銭なら払うぞ。少しなら」

「おい」

「一泊三十文でどうじゃ」

「いや、そういうことじゃ」

「なら五十文」

「聞けよ」

「まあそうじゃな。七十五文」

「違うって」

「見かけによらず守銭奴じゃな。ええい、百文」

老武士は両手を突き出し、間からのぞくようにして三左を見た。

「飯付きでな」

ここにまた一人、どうにも人の話を聞かない爺さんが三左の中で増えた。

「だから、銭金の問題じゃねえって言ってんだ」

「ならばなんじゃ。ほう、そんなに一人暮らしが気に入っとるのか」

「それも別に……なんだ、なんて言った。一人暮らし？　そりゃあって。待てよ」

口を開けたまましばし固まる。と、天啓のごとくひとつの考えが閃いた。

「おっ！」

ぽんと手を打つ。

頭の中に天秤を想像し、一方の天秤皿に老武士の胡散《うさん》臭さを載せ、もう一方に泊まり賃を載せるだけなら老武士の胡散臭さがどう考えても重かった。が、一人暮らしがそんなに好きかと聞かれて三左は思いついたのである。

泊まり賃の側に三左が菊乃と二人でいることの気まずさがなくなることと、激怒するおつたの顔が仏に変わるかも知れないということを載せるとそちらの方ががつんと落ちて胡散臭さが吹っ飛んだ。

「受けた」

聞きようによっては男らしい歯切れの良さだ。が、ぽんと打った自身の手がいつのまにか心情を映して揉み手の形に変わっていることの自覚は三左にはなかった。

「おう。もう受けるか」

老武士が意外そうな顔をする。

「もう少し手こずるかと思うた。果ては伝授された泣き落としの秘策もあったんじゃがのう」

言っている意味がよくわからなかったので聞き流し、

「そうと決まったら爺さん。まずは上がれよ。立ち話は別の意味で物騒だからな。なにせここぁ」

三左は老武士の脇を擦り抜けた。

「こんな夜更けにもかかわらず、聞き耳立ててる連中がいるところだからよ」

隠し立てもせず声を張れば、動揺ととれるわずかな揺れを見せつつ気配が消えた。

「知っとるよ。昔からここがそんなところじゃということはな」

老武士の言葉は気になったが、とりあえず木戸を押し開く。

月がちょうど、叢雲《むらくも》の陰に隠れるところであった。


老人が笠井甚十郎という名であることを三左が知ったのは、老武士が手土産だという一升徳利からせめて湯飲みに注ぎ分け、互いにぐいとやった後だった。

正確にいえば先に注いで出してやった湯飲みに老武士がまず口をつけ、それからおのれの湯飲みに注いだ酒をまさに三左が呑みかけの最中であった。

三左からすれば一杯くらい待っておけという間合いだが、

「そうじゃ。まだ名乗ってもおらんかったが、儂は笠井甚十郎と申してな」

笠井の名には当然聞き覚えがありありだ。三左は咽《む》せて口中の酒を思いっきり噴き出した。

「て、てえことは」

「おう。この家の昔のな、主じゃわ」

平然とした声は三左の右前から聞こえた。正面に座っていたはずの甚十郎は、酒飛沫《しぶき》を避けていつのまにか座を移していたようである。右門や伝蔵ではこうはいかない。きっと酒をもろにかぶって汚ねぇのなんのと喚《わめ》いていたはずだ。

良くも悪くもさすがの凄腕である。お陰で三左が座敷の拭き掃除をする羽目になった。夏である。すぐに拭かねば蟻《あり》が集《たか》るのだ。

で、続きの話は夜中の掃除の後となった。

「徒目付は代々のお役目であったが、剣に取り憑《つ》かれた儂にはどうにも窮屈でな」

「へえ。窮屈かい」

「おう、窮屈じゃ。役目柄寡黙であらねばならず、出来得れば他者との交わりも排除せねばならず。特に我が家の務めた〈常御用〉はご老中からも直々のご下命あるゆえ、仲間内との交わりも極力控えるべしと儂は父から教わった。幼い頃はそういうものかと思うた。が、〈常御用〉は剣も他の徒目付より抜きん出ねばならずとな、父に厳しく稽古をつけられてより、そうさな、剣を取って七、八年の頃であったな。父もそれなりに遣える人ではあったが、儂はあっさり抜いてしもうた。それからは師を求めて外の道場通いじゃ。一人稽古には限りがあるでな。役目一辺倒の厳格な父がよくぞ外の道場を許したと思うが、まあ、儂の腕を内心は喜んでおったのだろう。あくまでお役目に照らしてであろうとは思うが」

酒を舐めつつ甚十郎は訥々《とつとつ》と語った。途中剣理にも話が逸《そ》れたりしながらの長い話であった。もっとも生まれ落ちてから六十年に亘《わた》る話である。短くなろうはずもない。

「で、外に出て儂は矛盾に気づいた」

「矛盾?」

「そう。他者との交わりを薄くせねばならぬ徒目付が、徒目付たるべき腕を磨くためには大勢の稽古相手と交わらねばならぬとは矛盾じゃ。矛盾は窮屈。剣に取り憑かれてからはなおさらであった。父の跡を継いでからもな。いやその頃にはもう、剣には一人昇りゆける道もあるとすでにわかってはいたが、一度窮屈と思うては歯止めが利かなかったと言うのが正しいか。実際、他者に比べて徒目付の暮らしぶりは窮屈であったしな」

甚十郎は寂しく笑った。

「同じ目付方の家から嫁いできた妻を放り出してもと思うたときもあったが、一子信太郎が生まれて機を逃した。ふっふっ。信太郎は穏やかな子で、剣の才にはまったく恵まれとらんかったがな」

「ほう」

ときおりの相槌《あいづち》に三左は酒を含んだ。呑まねば聞けない話には間違いなかった。なぜなら、実り多い半生であったなら寂しく笑うことはないのだ。

「だがな。この一子信太郎が元服の年、妻が流行病でこの世を去ってな。その哀しみが契機であったか。剣の道に生きんとの思いがまた頭をもたげて来おってな。耐え難いほどであった。するとな、察した信太郎がただ一言、よいのですよ、父上のお好きになさって下さいと申しおった。儂は乗った。乗るほどに駄目な父であったということじゃろうな。すべてを放り出して儂は剣の道に走った」

甚十郎はここで、舐めるほどであった酒をあおった。苦そうに見えた。

「まあ、ときおりに手紙は書いた。長逗留《ながとうりゅう》の場には信太郎からの返書も届いた。有り難いことに金も添えてな」

空の湯飲みを下向けつつ甚十郎はもてあそんだ。三左は徳利を差し出した。甚十郎も黙って受けた。それはそうだろう。呑まねば聞けぬ話とは当然、呑まねば語れぬ話ということだ。

「信太郎が妻を娶《めと》り、儂にとっては孫である源吾が産まれたとも知ったのは手紙でじゃ。剣の才にそうとう恵まれた子のようですと信太郎は書いてきた。私一人が鬼っ子でありましたねとの一文が忘れられん。儂は信太郎の優しさに泣けてな。泣けて泣けて、仕方がなかった」

「そうかい。それで帰ってきたかい」

「ん？　おお、そうそう。おぬしは明屋敷番じゃったな。そうか。ならこの家に起きたことも全て承知か」

「おう。なんで空いたかまではな」

「……なんじゃ。それでは儂と大して変わらんではないか。おぬし、今まで遊んどったな。いや」

悪態めいたことを言いつつも甚十郎は湯飲みを青畳に置いた。

「多少儂の方が知っとるか。どれ」

口調も改まる。なにをか告げる気のようだ。

「儂が信太郎の死を知ったのは妻女からの手紙であったが、この件にはな、裏があるぞ。いや、ないわけがない」

「ただの喧嘩じゃあない、と」

「それはそうじゃ。信太郎は剣はからっきし。それに何十年経とうがこんな父を気遣う心優しき子じゃ。喧嘩口論で斬り合いに及ぶなどあろうものか。だから孫は、源吾はの、消えたと妻女は手紙に書いてきた」

「……どういうこった」

一瞬意味はとれなかったが、三左も口調が改まる。

「父の仇《かたき》をな、源吾は討つつもりらしいのじゃ。源吾を止めて下さいとも手紙にはあった。じゃから、儂は帰ってきた」

「なるほど」

それでかと三左はつぶやいて天井を見上げた。

ようやく今回、三左がこの組屋敷に回されたわけがはっきりと見えてきた。

「やっぱり笠井信太郎の死が、この漬け物樽のど真ん中で臭い立つってわけか」

顔を戻せば、甚十郎の顔に今までとは打って変わった笑みがあった。

「この辺りがおぬしの働きどころらしいな」

「ん？」

よくわからないが、笑み自体は最近までよく見た気がするものだ。

「ご老中直命あっての明屋敷番だそうな。次郎右衛門に聞いたわ。で、おぬしに話す気になった」

頭の中で次郎右衛門と甚十郎の笑みが重なる。

「……はあ？」

「ともに研鑽《けんさん》を積んだ間柄でな。竜虎であり刎頸《ふんけい》であり犬猿《けんえん》であった」

老中から明屋敷に関わりのある老剣士まで、どこまでも顔の広い爺さんである。

「会ったのかい」

「今朝方な、上平右衛門町の屋敷を訪ねた。その折り、次郎右衛門からおぬしがご老中直々《じきじき》と聞いたわ。それでここに泊めてもらおうと思うた。ふっふっ。捨てはしたが我が屋敷に泊めてもらおうとはおかしな話じゃが、ここにおれば儂一人では調べきれぬことも洩れ聞こえてこようからの」

そういうことか。

「とはいえ、間違ってもらっては困る。一件の真相などに儂の関心はない。突き止めたところで信太郎が還《かえ》るわけでなし。罪滅ぼしなどなにあろう。そんなものは現《うつ》し世《よ》に生きる者が思う後ろめたさの裏返し。どうでもよい。なにをどうしようと死して後、儂はあの世で全てを信太郎に詫びねばならん身の上じゃ」

武辺《ぶへん》の覚悟はいっそ清々《すがすが》しい。

これだけで三左はこの老武士がいたく気に入った。

「儂はの、妻女の請《こ》いに従い、ただ源吾を止めるためだけに出て来た。じゃから、儂も捜すが、孫のことも気に掛けてくれると有り難い」

「おう。任せろ」

「が、くれぐれもと申しておこう」

「なにをだい」

問えば甚十郎がぐっと顔を近づけてきた。次郎右衛門の顔に甚十郎がますます重なる。世の老人全てが同じというわけではあるまい。卓抜した剣士の顔。卓抜して余裕を持ち、かえって何事をも面白がる童のような顔である。

「手紙に読むだけではあったが、源吾はそうとうにできるらしいぞ。儂を見続けてきた信太郎が誇らしげに何度か書いてきた。そうさな。十年も前には、元服を待たず一人仕上げる道を見出したようですとあった。二年前には、失礼ながら江戸を離れられた日の父上をすでに越えおるやも知れませんともな」

化け物の三十年前は想像できないが、おとなしい子猫であったとは思えない。なら源吾の腕も相当とは想像に難くない。

だが、

「へえ」

知らず三左の口元には男臭い笑みがこぼれた。負ける気はしない。負けて悔やまぬ心の下拵《したごしら》えもある。相手が互いに顔も知らぬ化け物と孫なら、三左は実際に化け物に鍛え上げられた孫である。

「面白え」

途端、甚十郎は目を細めて頷いた。

「面白いとか。ふっふっ。その辺までも次郎右衛門の若い頃によう似ておる。まだ見ぬ我が孫も、そこまでに胆《たん》の練れた剣士であって欲しいものじゃが」

次郎右衛門に似ているとはなぜか気恥ずかしく、胆の練れたと褒められたことも面はゆく、三左は特になにも答えなかった。

場を取り繕うように差し出した徳利に、酒もちょうど終《しま》いであった。

それを汐《しお》に、この夜のおもに甚十郎の身の上話も終いであった。

五

深酒をしたわけではないが、みよしの分と甚十郎の土産の分を合わせればだいぶ呑んだということで翌朝、三左の目覚めは大層悪かった。

「お早うございます」

が、日輪が毎朝違《たが》うことなく東雲《しののめ》の空から上がるように、もう少し遅くてもいいじゃねぇかと三左は常々思うが、この日も夜明けとともに本所から菊乃がやってきた。

菊乃の挨拶を聞くともなく耳にし、その反応として寝床で三左はえずいた。明るく朗らかな声というものが、青菜ばかりに酒をたらふく詰め込んだ腹にえらく響くと初めて知る。目覚めの悪さは、その青菜のせいでよく眠れなかったということもある。

だから三左は狸寝入りを決め込んだ。表方の木戸は開けっ放しである。菊乃の出入りに支障はない。

「えっ」

少々の驚きを含んだ菊乃の声がした。茫《ぼう》と聞き、三左は目ばかりを寝床で開いた。

(あ。いけねぇ)

胃の腑《ふ》のむかつきと眠気で失念していたが、昨夜《ゆうべ》から甚十郎が寝泊まりしていたことを思い出す。

それにしても爺さんの朝は早い。気配でだけは甚十郎がいい加減な夜明け前からごそごそ這い出し、猫の額ほどの庭で刀を振っていたことはわかっていた。多少の腕がある者なら誰でも感得できるほどの、凄《すさ》まじい刃音であった。それも三左の目覚めの悪さに多分に寄与していた。

しかも甚十郎は、早く起きてもほかにすることがないのだろう。寝起きから今まで、休み休みにずっと刀を振り続けた。恐ろしい体力の爺さんである。これぱかりは次郎右衛門も敵《かな》うまい。

だから必然として、木戸から入ってくる菊乃は庭の甚十郎とまず出会う。

「えっ。あの」

三左の屋敷に朝っぱらから、白刃《はくじん》を手に提げた老武士が立っていれば菊乃の狼狽《ろうばい》も驚愕《きょうがく》も当たり前だろう。

だが、いけねえとは思いつつも三左は起き上がれなかった。起き上がったら吐きそうであった。吐いたら菊乃に叱られることは目に見えていた。

で、成り行き任せにすることに決めて三左は布団を頭までかぶった。右門や伝蔵が入ってきたのなら胡散臭さではどっちもどっちだろうから心許《こころもと》ないが、相手はうら若き女性《にょしょう》だ。甚十郎がいきなり斬り掛かることはあるまい。しかも、老爺とはいえ甚十郎も男である。

「おお。これはこれは。朝から愛らしい娘ごのご入来《じゅらい》じゃな」

やはり朝が早い爺さんでも凄まじい腕を持った剣士でも、甚十郎も男であった。案の定、やに下がった声がした。

「あの」

おずおずと菊乃が問う。

「どちら様でございましょうか」

菊乃も武家の娘であり、父吉田孫左衛門が気が強いと太鼓判を押す娘である。物騒な老武士が立っていても逃げることはしなかった。

「おっ。これは失敬」

刀を鞘に納める音がした。

「それがしは笠井甚十郎と申して、内藤三左、いや、内藤次郎右衛門とは昔からの知り合いでな」

「まあ、左様でございましたか。こちらこそ申し遅れました」

軽やかな衣擦《きぬず》れが甚十郎に近づいたようである。頭も下げただろう。

「私は本所に住まう御家人、吉田孫左衛門の娘、菊乃と申します。保科日向守様のお計《はか》らいで、こちらの内藤様のお世話をさせて頂いております」

物怖《ものお》じも人見知りもしないのはよいことだと、三左は寝床の中で強く思った。

(お許らい？　はて)

おのれの世話がそんなにいいものだとは思わないが、わからないので捨て置きにする。

「おお菊乃殿か。そなたのような愛らしい娘ごに世話をしてもらえるとは、今の三左衛門は羨ましい限りじゃな」

昨晩のしみじみとした口調はどこへやら。口の達者な爺さんである。

「おっ。儂もな、次郎右衛門の勧めでしばらく、こちらに厄介になることになったでな。造作を掛けるがよろしく頼む」

「まあ、ご隠居様の。ええ、それでは精一杯のお世話させて頂きますわ」

と――。

(そうかい。昨夜《ゆうべ》んときも、果ては伝授された泣き落としとか妙なこと言ってたが、やっぱりうちの爺さんが噛んでやがったか)

三左はふたたび亀よろしく布団から顔を出した。

「にゃろう」

猫の鳴き声とも悪態ともつかぬ声を出せば、

「おっ。起きたようじゃな」

次郎右衛門ばりの耳の良さで三左の声を聞きつけた甚十郎が庭側の障子を引き開けた。

「痛てて」

三左の目に朝の光が弾《はじ》ける。

「いい若い者がいつまでもぐずぐずと寝ておってどうする」

「そうですよ。内藤様、お陽様がもうあんなに」

代わる代わるに二人は言うが、三左の目は眩しさにしばらく開かなかった。

「さあ」

その朝陽を影が遮《さえぎ》る。庭から上がってきた甚十郎である。

「お、ちょ、ちょっと」

布団がはぎ取られ腕を取られる。存外に強い力である。

「今、冷たい手拭いをお持ちしますね」

朗らかに菊乃が庭から去るが、こういうときの朗らかさは無情である。

「ほれ、起きろ」

「ちょ、ちょっと待て」

ずるずると朝陽の中に引き出される。

胃の腑が不気味な音を立て、喉元に迫《せ》り上がってくるものがあった。甚十郎の手を振り解《ほど》き自分で立って縁側に走る。

「おっ。なんだ。もうしっかり起きとるではないか」

どうでもいい。

どういう事態かといえば、屋内でなくて幸いであったという事態だ。

「きゃっ」

戻ってきた菊乃が小さく悲鳴を上げる。

縁側にはいつくばり、三左は片手だけ上げて朝の挨拶に代えた。

この後どうなるかは、特に知りたくもなかった。

六

この日の夕刻、本石町《ほんごくちょう》一丁目から内堀を望む辻の傍らに、一人の浪人然とした男がたたずんでいた。夕陽の赤が、黙然《もくねん》として動かぬ男の浅い菅笠《すげがさ》を赤々と照らしている。

男の小袖や袴には砂塵《さじん》の汚れが目立ってはいたが、長の浪々からくる垢染《あかじ》みまでは浮いていなかった。

男は菊乃とおつたが鉢合わせした日、いわゆる三左の修羅場の日に深川元町の辻に立っていた男であった。つまり、笠井源吾ということである。

源吾はこの数日、場所と時刻を変えつつ一人の男の城下がりを待ち構えていた。男は父信太郎や、父と斬り合った佐々木栄介の同僚である徒目付の、名を角田仙一《かくたせんいち》といった。

源吾がその場所に立ち、かれこれ一刻が過ぎようとしていた。

と――。

菅笠の縁を上げ、源吾は前方を見据えた。夕陽を映しただけではない、燃え盛るような炎の色が目にあった。

「来た」

声も熱に浮かされたようである。どちらも滾《たぎ》る復讐心の色であり熱であったろう。

「ようやく、見つけた」

徒目付は役目柄の習慣から、城下がりの刻限も組屋敷への帰路も日によって変えて人に悟らせない。それを源吾も知るから場所と時刻を変えつつ根気よく待ったのだ。組屋敷に訪ねゆくことは端《はな》からあきらめていた。なんといっても同僚の徒目付が多すぎた。それもすべて互いに知った顔である。

警戒され、角田に逃げられては元も子もない。だから源吾は密《ひそ》かに、ひとりずつ帰るはずの城下がりの刻を待ち続けたのである。

待ち始めて早、十日が過ぎようとしていた。

「父上。ご無念はまもなく、この源吾が」

知らず通り過ぎる角田を十間ばかり見送ってから、源吾は呟きとともに歩き始めた。

父信太郎が佐々木栄介と斬り合いに及ぶはずなどないと、少なくとも源吾だけは確信していた。

なぜなら斬り合った父と佐々木はおそらく、詳しくは知らないがひとつの件を組となって追っていたはずなのだ。源吾の住む組屋敷で、父と佐々木栄介はたびたび声を潜めて密談に及んでいた。そんな二人が斬り合うはずなどあろうわけもない。

佐々木栄介は父信太郎と同じ〈常御用〉であったから常日頃からそれなりの交流もあった。源吾が知る限り父も栄介も、徒目付の規範となるほど忠実に実直に役目に取り組む男であった。

「元凶まで必ずや辿り着き、白日の下に暴き出してくれようぞ」

だから今、源吾は付かず離れず角田の跡をつけるのである。

角田仙一は父と佐々木栄介が斬り合う二日前、なにげなく聞いてしまった二人の密談に出てきた同僚の名であった。同僚といっても〈常御用〉の家柄ではなかったから詳しくは知らない。ただ、腕に覚えとだけは源吾も知っていた。

道々にはしばらく、帰り支度の足早な商人職人のたぐいが多かった。

源吾は少しずつ少しずつ近づきながらも逸《はや》る気持ちを抑えて待った。

その機会は四半刻後にやってきた。

すでに長く延びるおのれの影が角田に触れんばかりの距離にまで迫っていた源吾は、角田に続いて曲がった辻の先に寂れた寺を見つけた。

傾いて今にも落ちそうな扁額《へんがく》といい、どうやら廃寺のようである。境内《けいだい》へ向かう石段も三段ばかりとはおあつらえ向きだ。

素早く辺りに目を配るが、夜の闇が迫る時分であって、人影も源吾に味方するかのように皆無であった。

殺気剥《む》き出しに源吾は走った。

心得あれば角田も気づいて振り向こうとするが、源吾の素早さはその隙を与えなかった。

振り向く前に角田の襟首をつかんで体勢を崩し、そのまま重心を泳がせて廃寺に引きずり込む。

相手がどれほどであってもいったん虚を奪えば、源吾には雑作《ぞうさ》もないことであった。

薄闇の境内に入って角田を放り出す。

夏草が伸び放題の境内は思うよりも広さがあった。

多少の声であれば外に漏れることもないとはますます具合がいい。

「なにやつだ」

　源吾が境内を確認していると低い位置で体勢を整えながら角田が声を発した。

　かすかな動揺は聞こえたが、さすがに鍛えのある徒目付だけあって大声に走ることはなかった。

　源吾はおもむろに菅笠を取った。

「お、おぬしは笠井殿の」

　始まる夜の中でも角田の声には驚きがあった。夜目も利くようである。聞くほどにはできるのだろう。

「角田仙一、だな」

　源吾の押し殺した問いに、片膝をついた低い位置から睨むだけで角田は答えなかった。夜に沈み込むようである。光る目ばかりに覇気が見えた。源吾も目を細めねば抗しきれぬほど強い目であった。

「ふん。名などどうでもよい。いや、なにも答えぬのが角田仙一である証拠と取る。取った上で、おぬしに聞きたいことがある」

　無造作に源吾は一歩前に出た。

　草を引き倒し、片膝のままで角田は源吾が出た分を退《ひ》いた。間合いを見極めるつもりなのだろう。

「我が父、笠井信太郎を下策《げさく》にはめたのは誰だ」

かまわず源吾はさらに前に出た。

角田は黙ってその分を退いた。

居合《いあい》を使うのかも知れないと源吾は踏んだ。

「答えぬ気か。それならそれで、どこまで耐えられるか試すもよい。ただ、抜くなら抜くで覚悟せよ。腕の一本、足の一本ほどはもらうことになる」

刹那《せつな》、角田の眼光が青白く爆発して凪に似た唸《うな》りが源吾を襲った。

やはり居合である。淡い星影をさえ断たん神速《しんそく》の抜刀であった。腕に覚えどころではない。角田は道場を構えてもおかしくないほどの腕を持っていた。

しかし――。

鍔鳴《つばな》りの瞬間、角田の目は驚愕に見開かれた。抜いた刃がなんの手応えも生まず鞘内に戻ったからであろう。

前に前にと出ていたはずの源吾を、きっと角田は両断の確信すらもって抜いたに違いない。抜《ばっ》すなわち斬《ざん》の居合は鞘内が勝負なのである。

だが、角田の居合は源吾を刃凪の中に巻き込むことはできなかった。

正しく間合いを読んだ源吾が神速の抜刀に遅れることなくその分を退いたからである。

星明かりの下に、息ひとつ乱すことなく源吾は悠然と立っていた。

源吾は、神速をさえ上回る剣士であった。

「よい腕だが、修羅には通じんと心得るがいい」

「ぬっ」

瞳に怒気を散らして角田がふたたびの抜刀に移った。

「笑止っ」

拍子を合わせ、源吾の剣気も爆発する。

二条の稲妻が音もなく走った。錯綜《さくそう》は一瞬である。

――――。

が、抜くのはほぼ同時でも互いに行き過ぎて後、星影が讃《たた》えて光を集めたのは源吾の白刃であった。

待つほどもなく、肘《ひじ》から断たれた角田の右腕が刀ごとに落ちて草に雑な音をたてた。

苦鳴ひとつ洩らさなかったのは剣士としての意地か。

だが、やがて上がる血飛沫とともに角田は両膝から地べたに崩れた。

源吾は血糊《ちのり》をぬぐって刀を鞘に納めた。

「手当てをすればすぐには死なんだろうが、代わりに地獄の苦しみを味わうことになる。儂の問いに答えるならすぐにでも楽にしてやろう」

源吾は顔を角田に近づけた。

「我が父をはめたのは誰だ」

「……どうしても、聞きたいか」

と、角田が一声吼えて草に落ちたおのれの右腕から刀をもぎ取った。

とっさに源吾は大きく飛び退さった。

だが、角田の一刀が源吾に向かい来ることはなかった。

角田は一刀を高々と差し上げ、なぜか大きく笑っていた。

「慌てるな。おぬしの手を煩わせることなど、せん」

角田はおもむろに刃をおのれの首筋に当てると、躊躇《ためら》いも見せず一気に引いた。

「おっ」

今度は源吾が狼狽する番であった。

自身の血にまみれながら角田が仰向《あおむ》けに倒れる。

「おぬしの欲する答え、儂は知らん。ただ、笠井殿も佐々木殿も亡くなられ、立ち消えにはなったが」

大の字になり、星空に語りかける調子で角田は言った。風に流れるようなささやかな声である。

角田はなにかを告げようとしていた。源吾は急ぎ角田のかたわらに寄った。

「儂は二人に呼ばれた。亡くなる二日前のこと。杉浦一之進《すぎうらいちのしん》を調べよ、と」

「な！」

源吾は愕然《がくぜん》とした。

杉浦一之進は知った名であった。源吾らの深川元町とは別の、外神田の組屋敷に住む徒目付である。歳は源吾より八つばかり上。知るのは十年も昔、同じ道場に在籍したことがあるからだ。

いや、そんなことより――。

「あるいはそれが、答えかもしれん」

源吾を見上げる角田の瞳に生の光薄く、ささやきはさらに小さくなっていた。

「ならば、なぜ最初からそう申さなかった！」

源吾は角田を抱き起こして吼えた。

角田は敵ではなく、父の意を受けた者であったと源吾は悟った。それが愕然の理由である。

「申せば、信じたか。いや、その前に儂はか、徒目付じゃ」

「………」

「おぬしは、徒目付ではない。すでに徒目付の、家の子ですらない。そんな者に、易々《やすやす》と開く口は持たん。それが徒目付じゃ。徒目付の、矜持《きょうじ》じゃ」

角田は壮絶に笑った。

「ふっふっ。今際《いまわ》に話したは、礼。持て余す腕を、存分に振るい得たことへの、せめてもの、礼じゃ」

顔に笑いを張り付かせたまま、角田の目から生の光が消えた。

事切れた角田を草に横たえ、源吾は立ち上がって星だけが強くまたたく夜空を見上げた。

「修羅だ。本当の修羅」

月明かりを受け、頬にひと筋光るものは涙であったか。おそらく最後の。

「父上。私はひとりの、罪なき立派なもののふを斬った。もうなにがあっても、引けるものではございません」

もう迷わない。迷うものでもない。そんな人がましき心は、ひとりのもののふとともに今斬った。

破《や》れ寺の境内を鬼哭《きこく》のごとき一陣の風が鳴き渡る。

風が止《や》んだとき、源吾の姿はすでに境内には見られなかった。

第三章　情の行方

一

二日後の夕刻であった。

蜩《ひぐらし》の鳴き声がささやかな涼を運ぶ中、汗みずくの右門が深川元町の三左の屋敷に駆け込んできた。

例によって、木戸口は開けっ放しにして出入り自在である。

「三左さん！　って、おや？」

右門が駆け込んできたとき、ちょうど三左は甚十郎と二人、向かい合わせになって夕餉の最中であった。

三左側に少し離れて菊乃が座し、袂をからげて甚十郎の碗に三杯目の飯をよそっている。

和気藹々《あいあい》の風情があった。

「なんだか知りませんが、ますます所帯じみてきてませんか」

「ん？　そうか」

三左は空惚《そらとぼ》けて鯵《あじ》の干物を噛んだ。

「ええ。しかも、赤ん坊でも増えているならなんとなく笑えますが、ご老人が増えていると驚きます」

「そりゃあ。――まあ、そうだろうな」

「はて。巻羽織ということは」

菊乃から飯碗を受け取りながら甚十郎が三左に問う。

「ああ。こいつが大塚右門だ」

「おっ」

甚十郎が飯碗を膳に置いて威儀を正した。

「なるほど。そこもとがちょくちょくと、今の三左衛門の話に出てくる八丁堀の同心殿か」

すると、三左と甚十郎を交互に見比べ右門が頭を掻く。

「ええと」

戸惑いの様子である。状況をまったく理解していないのだから当たり前だろう。

「儂は笠井甚十郎と申して、上平右衛門町の次郎右衛門とは旧知の仲でな」

「ははあ」

「その伝手《つて》で今はこの家に、まあ居候をしておる」

「ああ、そうですか。――えっ、笠井？」

「右門」

三左がさえぎって草履《ぞうり》を突っ掛ける。甚十郎の姓に気づいてしまえばそこから先は飯時に相応しい話でもなく菊乃に聞かせる話でもない。

「面倒臭ぇからあとで話す。表に出ようぜ」

三左は先に立って敷居をまたいだ。手に飯碗を持ったままなのは、次郎右衛門と嘉平の暮らす内藤家に育った悲しい習性だ。

「おっ。外の方がやっぱり涼しいな」

そよ吹く風に庭木がざわめき、暮れゆく空の下で蜩の鳴き声は今が盛りのようであった。

ついてきた右門が脇に立ち、探るような目で三左を見る。

「ちょくちょくとって、私のなにを話したんです？　菊乃さんにも？」

「ん？」

正直にいえば、あんなこともこんなことも話した。

この三日、他人も他人である甚十郎と菊乃を置いて出歩くもならず三左は屋敷にいた。

で、甚十郎がなにか手伝うことでもあればなどと言ったものだから、ここぞとばかりに菊乃の注文が三左にも来た。やれ障子の張り替えをだのやれ雨漏りの修繕だのと、まるで暮れの大掃除もかくやの忙しさである。

そんな中、若い娘と三十年振りに江戸に戻ってきた老剣士の間に立って、どちらにも通じる話題など三左には大してなかった。

だから茶飲み話に右門や政吉のことを話した。話したからかえって右門には話せない。話せばこの場で、右門は頭を抱えてうずくまることになるだろう。

「まあ、そんなこたぁいいじゃねえか」

ごまかすために三左は立ったまま飯を掻き込んだ。

「ほれより、あんかあったはい」

箸先で突くようにして先を促す。

「おっ」

本当に失念していたらしい。

「ありました。大ありです」

今思い出したらしく右門は大きく手を打った。

「三左さん。ほら、一ツ目橋向こうの本所相生町《あいおいちょう》一丁目に、今は寂れちまった寺があるじゃないですか」

「なんだ、本所の話かい。目と鼻の先じゃねえか。ずいぶん近えな」

「近い遠いはこのさい関係ありません。いや、三左さんには大ありかも知れません。なんたってそこでですね」

言葉の終いで右門は声をひそめた。

「殺しです」

「ほう」

右門に合わせ、話の先は見えないが三左も声を落とす。

「荒れ寺だったんで見つかったのは少し遅れたようですが、城下がりの侍がばっさりとひと太刀で」

「ふうん」

まだ先が見えない。

「で？」

三左はもうひと口飯を掻き込んだ。

「俺ほあんの関わりがはるって？」

三左に向けて右門はにやりと笑いかけた。

うです」

「しばらく前の大川端で上がった土左衛門同様、すぐに目付方が出張ってきて持ってったようですがね。少し気になったんでいつもどおり、内与力の山手さんに頼んでおいたんです。そうしたらですね。聞いてびっくり。斬られたのはどうやら徒目付のようです」

三口目をいこうとしていた三左の箸が止まる。

「なんだって！　それじゃお前ぇっ」

「おっと。はいはい」

話せば驚いて三左の口から飯粒が飛び出すと予見していたのか、右門は落ち着いて一歩退いた。

「そうです。笠井信太郎らと同じ徒目付の、角田って男が斬られたんです」

それでも避けきれず裾《すそ》に張り付いた飯粒を払いながら右門は言った。

三左はとりあえず口中の飯をまとめて飲み下した。

「そうかぁ。笠井と同じ徒目付が」

「はい。腕をただのひと太刀で斬り落とされたようです。恐ろしいほど鮮やかな斬り口だったらしいですね。首筋の血管《ちくだ》も斬られたようですが、こちらは苦しみから逃れるために角田本人がやったのだろうと」

箸をくわえてううむと三左が唸れば、

「あら、笠井様。おかわりはよろしいので」

屋敷内から菊乃の声が聞こえてきた。

誰もが笠井笠井とやかましいというかややこしい。

と、はたと気がつけばいつのまにか、奥で飯を食っているはずの甚十郎が三左の背後に立っていた。

たしかに途中からは声をひそめることを忘れていたが、次郎右衛門よろしく甚十郎の耳も負けず劣らずにいいことも忘れていた。

「動きがあったようじゃの。仕手《して》が孫でないことを祈るが、さてもさてじゃ」

外に出て来た甚十郎は早、箸や飯碗ではなく佩刀を右手に携えていた。言葉自体は祈ると穏やかだが、目には悲しみの光が宿って見えた。

「出るんかい」

察するしかあるまい。

悲しみを見せられては引き留めるもならない。

「出る。聞いてのんびりはしておられんよ。儂は、源吾を止めるために出てきたのだ。いや、世話になった」

腰に佩刀を差し落とし、甚十郎は深編み笠を小脇に抱えた。

「それにしたって行く当てもねえだろうに。わかっちゃいるだろうが、当てもなくうろつくにゃあ江戸は広ぇぜ。そんなとこをただ闇雲に歩いたってよ、なにも見付けられるもんじゃねえや」

「なぁに。心配いらん」

甚十郎はかすかに笑った。

「昨日のうちにな。この辺りの隠居どもを訪ねて聞いておいた」

そういえば表にふらふらと出て行ったような気がする。逃げたのかと思ったら昔馴《な》染《じ》みに聞き込みをしていたようだ。さすがに次郎右衛門の古い知己《ちき》である。抜け目のない爺さんだ。

「聞いたって、なにをだ」

「まだ見ぬ孫のな、背格好と風貌をじゃよ」

「……なるほど」

三左や右門や菊乃には距離を置くが、元徒目付であった甚十郎にならそのくらいは話すかもしれない。しかも隠居どもということは、昔は甚十郎の同僚か配下であった者達だろう。

「おっ。ならばこちらにも教えて頂けると有り難いのですが」

会話から察して右門が口を開いた。右門は南町奉行所の切れ者である。甚十郎の姓が笠井であると聞き、孫がどうのと聞けばたいがいの見当はつけるだろう。

「馬鹿を申せ」

甚十郎は前段までとは打って変わった冷ややかな一瞥《いちべつ》を与えた。

「捕まれば罰せられる立場かもしれん孫のことを話せるものか。儂は儂で捜す。そちらはそちらで捜せばよい。ああそれと」

深編み笠をかぶり顎紐を結びながら甚十郎が三左を振り返る。

「わかっておるかな。今朝方からこの屋に向かう雑な気をいくつも感じた」

「ああ。そうだな」

忠告されるまでもなく、三左も気づいていた。日々感じている隣近所の、つまり徒目付方のものではない。もっと濁った、甚十郎のいい得て妙な雑気である。

「ならばよい。特に、菊乃殿の帰り道には気をつけることだ」

頭を下げたものか深編み笠をかすかに揺らし、甚十郎は一度も振り返ることなく去ってゆく。

「あっ」

これは、見送ってしばらくしてから三左があげた頓狂な声だ。

「どうしました」

右門が聞く前に三左は走り出していた。

「や、宿代もらってねえ。あんにゃろう」

と騒いでみても遅い。

辻まで走るが、甚十郎の姿は夜にまぎれてもうどこにも見つけられなかった。

かえって飯碗と箸を手に呆然《ぼうぜん》と立つ三左を、通りがかりの者達が怪訝な表情で見つつ家路を急ぐだけであった。


あきらめきれないがあきらめてその後、役宅に戻って三左は夕餉の続きである。ちょうどいいと右門も、甚十郎の残り物を食い始めれば、甲斐甲斐しく飯をよそって菊乃が差し出した。

「え、や。これは、いや、どうも」

右門のあれやこれやを知っている菊乃はよそよそしいが、右門の方はなぜかしどろもどろで目を合わせようとしない。訝しかったが放っておく。気にすればあれやこれやを話したことが露見するかも知れないからだ。

三左は食いながら甚十郎の身の上をかいつまんで話した。

「そうですか。母が息子を止めて欲しいとあのご老体に。なるほど」

右門が心を動かされた様子で頷いたのは、食後の茶をひと口含んだ後である。

と言って、さほどの時間が過ぎたわけではない。三左のかいつまみ方もべらぼうに適当であったし、途中であった者と残り物であった者の夕餉などすぐに終わる。

「笠井様、おかわいそうに」

菊乃も片付け物をしながら感に入った様子で告げる。三日もひとつ屋根の下でふれ合いを持てばすでに情も移っているのだろう。

「内藤様、なんとかしてさしあげられないものでしょうか」

「えっ。お、おう」

思わぬ方向からの請いに吹き出し掛けた茶を三左は強引に飲み込んだ。

「どうだい、右門」

で、菊乃の問いをそっくりそのまま右門にまる投げする。

「えっ。はあ、そうですねえ。ううん」

右門は口元に上げた湯飲みの、湯気の向こうで難しい顔をした。

「今のところはどうでしょう。なんといっても目付方の一件ですからね。私ひとりが動く分にはどうとでもなりますが、事件の根もわからなければ、唯一の手掛かりといっていいその源吾とかいう男の顔もわからないじゃあ、まるで雲をつかむような話ですからねえ」

「でも、そこをどうにかなさるのが大塚様のお役目ではないのですか」

茶を満たした急須を手に戻った菊乃はそのまま右門の真正面に座した。なぜか右門が一歩下がってかしこまる。

「いや菊乃殿。そう言われるとどうにも立つ瀬がない。ならば私の配下を使ってと言ってあげたいところですが、それだと私事ですから出所のない費《つい》えが掛かりまして」

「大塚様」

菊乃の声がきつくなる。

「えっ。は、はい」

「なに弱気なことをおっしゃるんでしょう。それでも南町きっての切れ者と呼ばれるお方ですか」

おう、そっち方向の話もしたと三左は思い出す。

「お金の問題などではございませんでしょう。情けない。人様の命が掛かっているのでございますよ」

「それは、はあ。ごもっとも」

目が吊り上がってくる菊乃を見て、まるでおつたみてぇだななどと三左は考える。

それにしても、若い娘にやりこめられて小さくなってゆく右門を見ながらの茶は美味い。普段右門にこき使われてばかりの政吉辺りに見せてやりたいなどとも考える。

と、ひとりにやつきながら茶を喫していると、刺すような視線を感じた。見れば菊乃であった。

考えれば簡単な話である。高ぶった感情は飛び火する。

「内藤様も、どうして他人事のような顔をしていられるのですか？」

「いや、そうは言ってもな」

「笠井様がおかわいそうだとは思われないんですか？」

「ええっと。思うような思わないような」

「まあ、思われないんですか」

「――思います」

菊乃の剣幕に思わず茶を置いてかしこまる。

そもそも菊乃は気が強いと、父孫左衛門に太鼓判を押される娘であった。

「では、どうされるおつもりでしょう。まずは大塚様から」

「えっ。は、はい。そうですね。ええと、ひとまず明日にでも奉行所で角田仙一の方の検分をさらにくわしく調べます。それと、さらに新しき事態が起こったらなにを措《お》いてもまずこちらへ知らせる、と」

「よろしいでしょう」

菊乃は毅然《きぜん》と胸を張って頷いた。なにやら差配《さはい》のようである。

その差配の顔が右門から三左に廻る。

「ならば、内藤様は？」

「えっ。ええとだな。まあ、とりあえずだいたいのところはわかったから、どうして俺をここに住まわせることにしたのかを保科さんのところに行って聞いてくるか。そろそろ話してくれてもいい頃合いだろうからな」

「けっこうです」

許しが出たようである。三左も右門も互いに胸を撫で下ろす。

「では、それぞれの思うところに従って一生懸命お働き下さいましね」

それまでの剣幕が嘘のように優しげに笑う。

なにやら手玉に取られているようだが、なまじ綺麗な娘だから始末に負えない。なにも言えない。女というものは恐ろしい。

ちょうどそのとき、時の鐘が夜五つを知らせた。

「まあ、もうこんな時間。そろそろ帰らなくては」

菊乃がいそいそと帰り支度を始める。

「あ、ならば私が送っていきましょう」

慌てて右門も立ち上がる。

「おう。いいんかい？」

八丁堀の右門ではえらく遠回りになる。三左が送っていった方が帰りは断然早い。

「はい。いいんです」

なぜか右門が断固として言う。

「なら頼まあ」

機嫌取りでもしたいのだろうと右門にまかせることにする。

「じゃあって。おっと。菊乃」

ふと嫌な予感があって三左は帰りしなの菊乃に声を掛けた。

「はい？」

「くれぐれもよ、危ねえことに首を突っ込むなよ」

「えっ」

返事の代わりに菊乃の目が泳ぐ。

（やっぱりな）

予感どおり、菊乃は自分でも甚十郎の件でなにかする気のようであった。

「こないだ危ねえ目に遭ったばかりじゃねえか。そんときゃ無事で着物一枚の余禄がついたが、いつもいつもそんなふうに終わるとは限らねえ。甚十郎の爺さんも、絶対喜ばねえと思うぜえ」

「……はい」

殊勝に項垂《うなだ》れ、背を返してとぼとぼと歩き出す。こうしてみると可愛いものだ。言い過ぎたかと多少の反省を三左はした。

が――。

「けっして、無理や危ないことはいたしませんから」

どうやら聞き入れたわけではないらしい。二の句が継げなかった。

あんぐりと口を開ける三左の前で、それではと右門が小さく腰を折り菊乃の後に続いた。

二人が去って後、三左はあきらめ顔で頭を搔いた。

周りにいる爺さん連中は爺さん連中でなぜか皆似たり寄ったりの曲者揃いと知ったが、おつたといい菊乃といい、

「なんで、俺の周りはよ」

女も女で似たような者ばかりなのかと、三左は天を仰いで嘆息した。

二

翌日の朝も早くから、三左は菊乃に約したとおり日向守の屋敷に向かった。

自らすすんでというよりは、いつもどおり陽の出とともにやって来た菊乃に、

「まあ、まだお支度なさっていないのですか。ぐずぐずしていては保科様のご出仕に間に合いませんでしょうに」

と追い立てられた感じだ。

日向守の屋敷は銀座の近くにある。そぞろ歩きに向かっても大した距離ではない。そんなに急がなくてもとは思うが、菊乃の柳眉が吊り上がることは目に見えていたからあえて逆らわない。はいはいと寝床から這い出し支度もそこそこに屋敷を出る。当然のように朝飯などない。

「へへっ。あれだな。菊乃の旦那になる奴ぁ、大変だな」

などとつぶやきながらぶらぶらと道をゆく。

現場やお店に向かう職人や奉公人が足早に三左を追い抜いてゆくが気にしない。

「朝っぱらから元気なもんだ。みんな、しっかり朝飯食ったんだろうな」

三左は食っていない。だから急げないという理屈は三左の中でしごく真っ当なものであった。

ともあれ、菊乃の心配はまったくの杞憂《きゆう》であった。連れてきて見せてやりたいくらい、だらっとした様子で日向守は屋敷にいた。

千五百坪ほどの拝領地は狸には不釣合いだが、役高二千石の普請奉行には妥当な広さだろう。

家人に案内され、表座敷でそのだらっとした日向守と向き合う。ざっくばらんなのは三左としてはありがたいが、寝起きの目脂《めやに》がついたままの狸顔はさすがに見られたものではない。山奥ではないのだ。

「夕べは遅かったんですか」

「ん?」

開いているんだかいないんだかわからぬ目が、たしかに泳いだ。

「……遊びましたね」

「ん、ん?」

女か博打かは聞くまでもない。

内藤家の賭場の開帳日でないということは、どこか別の賭場に顔を出したということだろう。はまり始めているようだ。

「いやまあ。はは。それがな、珍しいことに少しばかり勝ってな」

自分で珍しいと言いきってしまう博打打ちもそれこそ珍しいが、気にするふうもなく日向守の話は続いた。

と、三左の腹が日向守の滅多にない自慢話をさえぎるようにけたたましく鳴った。

朝早くから飯も食わず適度に動いたのだから、音の大小はさておき健康ならば誰でもそうなるだろう。

「なんじゃ。これからがいいところであるのに。邪魔な腹だのう。おぬし、朝餉を食っとらんのか?」

「食ってません。なんたってこの時刻にここにいるんですからね」

多少の威を込めて睨めば、合わせて多少気まずそうに日向守は咳払いをする。この辺の呼吸は寝起きでもさすがに狸だ。

「う、うむ。もっともじゃな。ならば勝手方に行ってなにか食してこい。儂はその間に身支度をせんとな」

言葉の終いは敷居の外である。逃げるように日向守は奥に戻っていった。

一人残された三左の腹がまた鳴った。そこはかとなく味噌汁のよい香りが表座敷まで漂っていた。

「さて」

おもむろに三左は立ち上がった。

「飯だ飯だ」

なにごともなかったかのように敷居をまたぎ、三左は日向守が去ったのと反対側に廊下を曲がった。

「さて聞こうかの。深川元町の件に動きがあったか」

身支度に朝飯。それぞれの用事を済ませて再度表屋敷に集えば、上座に座った日向守がまず口を開いた。

目脂が取れただけで見た目には大した違いはない。ああ、寝起きの狸が川に顔を突っ込んだんだなという感じである。が、おそらく中身は大違いなのだろう。曲者の雰囲気はしっかりと滲み出ていた。

「お奉行は、二、三日前に相生町の荒れ寺で侍が斬られた件をご存じですか」

「いや、知らんが」

「そいつが、角田仙一ってえ名前《なめ》ぇの徒目付でしてね」

「ほう」

一瞬日向守の目が底光りを放つ。

「くわしく話せ」

三左は右門に聞いた角田仙一の件から源吾を辿り、甚十郎のことも含めてこれまでのあらましを語った。

都度日向守は、ほうなるほどとうるさいくらいに相槌を打った。が、話に三左の愚痴が混じると途端に黙った。

「左様か。なにもなければと思うたが、やはり住めば臭いが立つ明屋敷であったか」

聞き終えて日向守は腕を組んだ。

いつぞやは指を突き出され短い指だと思ったが、なるほど腕も短いのかとここは自然に納得だ。

「ということでしてね。お奉行、事態の流れる先ぁなんとなく見えてきました。ここまでたら、そろそろなにに目をつけたかお聞かせ願いたいものですが」

「ふむ」

日向守は腕を解いて膝を打った。

「そうじゃな」

事の起こりはそもそも六月初旬の、三左も右門に聞いたことがある大川端に揚がった土左衛門の一件であった。

「ああ。あの目付方が出張ってきてすぐ持ってっちまったっていう」

「そう。ただ北町もなにもしなかったわけではなかったらしくてな。評定《ひょうじょう》に上がってきた話がご老中のお耳に止まった。たしかに儂も少々気になったでな、密かに調べ書きを当たった。例によって大したことは記していなかったが」

その揚がった侍の身分が、徒目付組頭であったという。

「太田権大夫《おおたごんだゆう》と申してな。いや、死因は溺死《できし》で間違いない。吉原《よしわら》帰りであったとの裏も取れておる。ただ、問題はその懐じゃ。なんとな、百両あったそうじゃ。川にうっかり落ちたのは酔いのせいであろうが、溺れたのは案外その持ち重りのせいかもしれん」

「なるほど。……えっ、百両！」

一瞬耳が流してしまう額である。と同時に、聞き流しても引き戻して驚くに足る十分な額だ。

「うむ。おぬしも驚くじゃろ」

「お、驚くに決まってるじゃないですか。百両ですよ。なんたって百両あれば夜鷹蕎麦が何杯食えるか。場末の茶屋で酒を何本頼めるか。ええとええとと考え、面倒臭くなってやめる。そのやめるというのが大事で、百両とはそれくらいの、面倒臭くなるくらいの額である。だによって大金、と三左は断じるのだ。

そのことをわたわたと告げれば、

「ふむ。なにやらわかるようなわからぬような。だがまあ、おぬしらしいといえばらしいからどうでもよい。とにかく、そのくらいの額じゃ。で、そのおぬしも驚く額にな、北町の者も引っ掛かったようで特に評定に上がった。こう申してはなんだが、徒目付組頭程度がおいそれと懐にできる額ではない。徒目付はなにかと役得が多いとは聞くが、百両とはさすがに大枚じゃ。なにかをしたのならばやりすぎと申してよかろう。で、誰とどこが嚙んでいるのかとご老中が内々にご下命を下された」

「なるほど。それが」

「そう。〈常御用〉である笠井信太郎と佐々木栄介の両名じゃ。口論の末の相打ちなどとは不自然が過ぎる」

「なにかをつかんで、二人とも斬られたと」

「まさに」

三左の推論に日向守は深く頷いた。

「儂が後にご老中に呼ばれてお聞きするには、人はみな死ねば仏であるから、なにかあったとて太田権大夫一人に帰すことなら寛容に対処すべしと両名におっしゃったそうじゃが、こうなってみるとそう簡単なものではなかったようじゃな。で、おぬしの出番となったわけじゃが、やはり回しておいてよかった。それにしても」

狸の目に光が灯《とも》る。食わせ者らしい才知の光だ。

「掛かった魚が、笠井信太郎の一子源吾に父甚十郎か」

その目がかすかに細められた。笑ったようである。

「面白いな」

「面白い？　なにが」

推論どおりならば人が殺され、またさらに殺されようとしている。面白いとは不可解だ。

ふふっと、今度は声にして日向守は笑った。

「いや。そやつらの登場で、かえって筋道が勝手に立つやもしれんと思うてな」

けっと三左は吐き捨てた。

「ん？　なにか申したか」

「いいえ。ただ、お奉行は気は利くんでしょうが、情には感せぬお人かと思う次第」

情まる出しに荒く言うが、日向守は動じることなくかえって、

「おう、感せぬぞ。いちいち感じておっては務まらぬ仕事をしておる。だからこそな」

さらりと言って顔を三左に近づけた。目に才知の光は宿したままだ。そうなるとさすがに貫禄もある。狸の親玉の貫禄だ。

「それを引き受けるのがおぬしなのだ。おぬしなら清濁の中庸にあって今日を生き明日を夢見る人の暮らしに通じ、その泣き笑いに共感できると踏んだからこそ、ご老中はおぬしを明屋敷番に選んだのじゃ」

ははっと頭を下げそうになるが耐える。一瞬だが、日向守の瞳がたしかに揺れたのを見たからだ。

「本当に、ご老中はそんな理由でそれがしを選んだんでしょうかね」

「しかと左様」

「本当に？」

「くどい」

「念のため、今度賭場に見えられたときにお聞きしてみようかと思いますが」

「ああっと。……と、儂は思う。ははっ。まぁ、あまり細かいことは気にするな」

やはり思いつきだったようだ。

「まったく。食えねえお人だぜ」

笑いに誤魔化して肩を叩こうとする日向守の手を、三左はいなして睨み付けた。

三

用人に急《せ》き立てられるようにして登城してゆく日向守を見送り、三左は掘割を望む路上に出た。

よく晴れた一日であった。吹く風もかすかに来たる秋を感じさせて爽やかである。

三左は往来にぶらぶらと袖を揺らした。

町下に出れば時刻はそろそろ、棒手振《ぼてふ》りなら担《かつ》ぎ桶《おけ》の中に品物があれば売れ残りを覚悟しなければならない頃合いであった。実際、そんな男らが掛け声も威勢よく往来を行き交っていた。よく見聞きすれば店々にも掘割にも静かな活気が満ち溢れている。

日向守に知りたいことは聞いたが、だからといってすぐにどうこうできる話ではなかった。ではなにを、と考えるにも屋敷に帰っては菊乃がいて落ち着けないだろう。

それに――。

「ま、なにをしてぇのかも気になる。ぼちぼち行くか」

と、わからぬことを独り言《ご》ちて三左は大川端に足を向けた。

通旅籠町《とおりはたごちょう》の辻を右手に折れ、橋を渡って横山町《よこやまちょう》に抜け、広小路から浅草御門に出る。

それにしても、どこを廻っても大道は賑やかであった。一日で一番忙しくなる時間帯でもあったろうし、秋めく風に人出も誘われる時節でもあった。

浅草御蔵を過ぎた辺りから大川端に出ても賑やかさは大して変わらない。通り町などに比べれば人気《ひとけ》が減る分、今度は舟の往来が賑やかだった。

と、前方半町ほどにふっと湧き、横に広がって三左の方にやってくる一団があった。五人ばかりの見るからに食い詰めた浪人達である。昼日中から相当呑んでいるのか、道行く人々を大声でからかいながら足取りはどれも千鳥を踏んでいた。

「へっへっ。さてもさてだ」

三左はにやりと笑いつつも歩調を変えなかった。町の衆が遠巻きにする浪人どもに真正面から向かう。

「がっはっはっ。いやいや片岡氏《かたおかうじ》。これでも品川の飯盛りには馴染みもおってなあ」

鼠《ねずみ》のような顔をした反《そ》っ歯《ぱ》の小男が右隣の男を片岡と呼んで軽口をたたく。片岡は大柄で目つきに険のある、顎髭《あごひげ》を蓄《たくわ》えた見るからに一団の頭とおぼしき浪人であった。

三左は進む方を曲げることなくその片岡と鼠の間に堂々と割って入った。

と擦れ違う瞬間、鼠の小男がおかしな動きをした。

三左は平然と身をひるがえし、鼠の膝裏を思い切り蹴り上げた。

「うおっ」

もんどり打って鼠が頭から地べたに激突し白目を剝く。

その間に三左は浪人らと位置を入れ替え、二間の場所に立っていた。

「おっ」

「ややっ」

左右三人がざわつくのを制し、片岡が前に出てくる。

「いきなりなんじゃあ」

破鐘《われがね》のような声が響く。それなりに鍛えはあるようだ。

「せっかくのよい気分をぶち壊しおって。おぬし、我らに喧嘩を売る気かあ」

舟の者達は聞きつけて顔だけこちらに向けるが、道行く者達は離れたところで足を止める。火事と喧嘩は江戸の華。みな、興味津々《しんしん》の態である。

「へっ。戯《ざ》れ言《ごと》は止《よ》しにしようや。なにがよい気分だい。酒臭くもねえし目も笑ってねえじゃねえか。それによ」

三左は笑って腰の佩刀をひとつ叩いた。

「因縁ふっかけようとしたのはどっちだい。傷入れられちゃあ、鞘だって馬鹿にならねぇんだ」

そう、先に動いたのは鼠の方であった。擦れ違う瞬間、おのれの刀を振って三左に当てようとしたのである。

「ほう」

声を落とし、片岡が顎髭をしごいて下卑《げび》た笑いを浮かべた。

「わかっておったか」

「おう。ついでに言えばさっきから俺の後になり先になり、ご苦労なこった。誰かに頼まれたんかい」

「ふっふっ。そういうことになろうな。後々のことを思えば士道上の諍《いさか》いにしたかったが、そうまでわかられておっては致し方あるまい」

片岡が顎をしゃくれば浪人らが三左を取り囲むように動き出した。片岡に蹴られて鼠ものろのろと起き上がる。

「まあ、なんだ」

三左は一同を見回しながら頭を掻いた。

「昼前から面倒臭ぇことはなしにしねえか。金もらってんなら、かえって怪我したらつまらねえぜ。頼み人の名前だけ吐いて、消えてくれりゃあ助かるが」

「そうはいかん」

片岡はもう一歩前に出て三左に顔を近づけた。声もさらに落とす。

「おぬしを殺《や》らねばもらえぬ半金がある。それにわれら一同、おぬしの屋敷に出入りするあの娘にもいたく興味があってな」

「……今、なんていった」

甚十郎が去りぎわに告げた雑気も、どうやらこの浪人らのものであった。いや、それよりもなによりも、片岡は菊乃のことを口にした。

「なに、おぬしを斬り捨てた後、ゆっくりと味わわせてもらおうと思うてな」

三左の中にふつふつと滾るものがあった。

一歩二歩と、三左は片岡から離れた。

「なんじゃ怖じ気づいたか。尻込みしたとて逃げられはせんぞ」

「逃げやしねえよ。こっちこそ、そこまでぐずぐずに腐った性根を聞いちゃあ逃がしゃしねえ」

三左の位置はそれで囲みの中心であった。

「買った買った。この喧嘩、大いに買った！」

「死ねっ」

誘われるように真後ろの男が突っ掛けてくる。

だが、

むの。まずは囲みに穴を開けるのだ。

「慌てんな！」

それよりも先に三左は前に動いていた。

一間半を飛び、立ち上がったばかりで体勢の整わぬ鼠の顔面に思い切り拳を突き込む。まずは囲みに穴を開けるのだ。

「ひっ」

ふたたび鼠がもんどり打って地べたに転がる。自慢かどうかは知らないが反っ歯の二、三本は折れただろう。今度は簡単には起き上がってはこられまい。

「お待ちどおっ」

続けて向かうは真後ろ、先の浪人である。情けなくも空振りになった刀の剣尖を地面に潜り込ませて顔を上げたところだ。隙だらけの腹を蹴り上げ、前のめりになった横っ面《つら》を張り飛ばす。

「おっと」

その手を離れた刀を三左は奪う形で取り上げた。

峰を返し、起き上がろうともがく浪人の肩口に落として黙らせる。

「おのれっ」

背後にいたもう一人が殺気丸出しに剣を振り上げるが、囲みが解け真正面からでは三左の相手になるわけもない。

手の内の締まりのえらく悪い斬撃を、刃を重ねるように受けて落とし込めば、借り物の一刀は男の刀の上を流れておそらく相手の手首を砕いた。

「おう。いいぞいいぞ」

「お侍さん。強ぇなあ」

「よっ。日本一っ」

遠巻きに見物を決め込む連中からやんやの喝采《かっさい》が上がる。

その間に三左は片岡以外のもう一人を胴抜きに叩いて地べたに倒した。鮮やかな手並みであった。

「さぁて」

三左は土の付いた剣尖を片岡に向けた。

「残りは大将。あんただけだぜえ」

「おっ、こっ、この」

片岡の顔色は赤を通り越してどす黒く変わっていた。

「おのれぇっ！」

怒りにまかせて引き抜いた一刀をもって薙《な》いでくる。腰の座りなどは三左が見てもなかなかだ。が、感情を表に出しては剣尖は伸びない。

余裕を持って見切り、三左は後《ご》の先《せん》に歩を進め無造作に振り上げた刀で片岡の鎖骨を砕いた。

「ぐおっ」

「だから止めとけっていったじゃねえか」

借り物の刀を放り出し、三左は片岡のかたわらに寄った。

苦悶の顔つきでうずくまる片岡の襟元をねじ上げて顔を突き合わす。

「誰に頼まれたって?」

「そ、それはっ——げっ」

口を開きかけた片岡が突然小刻みに震え始めた。

「ん。おっ!」

何度見ても慣れぬが三左は知っていた。

片岡の目からは急速に生の光が失われ始めていた。

「おい!」

揺するが答えはなく、片岡はのし掛かるようにして三左の側に倒れてきた。

片岡は大柄である。押し潰される恰好で三左は道に倒れ込んだ。

「きゃあ」

どこからか女性の悲鳴が聞こえた。

肩口から片岡の背を見れば、盆之窪《ぼんのくぼ》に深々と一本の小柄《こづか》が突き立っていた。

——余計な詮索は止めたがいい。

どこからともなく声が聞こえた。感情の揺れさえ聞こえぬ恐ろしく冷たい声だ。

地面から辺りを見回せば、十間ほど離れた小道の際に菅笠の男が立っていた。顔は笠に差す陽の影で判然とせぬが、背格好から三左と同じような歳回りと推察された。

それにしても——。

声を聞き姿を見てさえ、三左をして気配をまったくわからしめなかった。うっそりとたたずむだけでも立ち姿は、大地に根差した力強さと吹く風の軽さを体現させて見事であった。恐ろしいほどに腕が立つと易く想像できた。

「お。ちょっ」

——忠告はした。

音の大小ではなく響きで通る声音《こわね》をもって告げ、三左が地べたでもがいているうちに男は路地へと消えた。

片岡の骸《むくろ》の下から這い出し、三左は男の去った路地に駆け込んだが、さらに枝葉の多い路地で男の姿はどこにも見当たらなかった。当然、気配の残滓《ざんし》すらない。

「あれが、笠井源吾かい」

三左は人気ない路地に向かってつぶやいた。

確信はないがおそらく間違いない。というより、それほどの手利きがそう何人もいてはたまらない。

三左は目を細めて雲を見上げた。

「笠井の爺さんよぉ。なんだかしらねえが、こりゃあ化け物のあんたをしたってそうとうに厄介だ。止めるにゃあ、悲しみを呑まなきゃなんねえかもなあ」

問いかけに答えはない。

それよりもなによりも人死にが出たのだ。

通りがやかましいほどにざわついていた。

四

この日、夕刻になって三左は上平右衛門町の内藤屋敷を訪れた。

深川元町の屋敷には朝から一度も戻っていない。にもかかわらず夕刻になったのは死んだ片岡の後始末に手間取ったからだ。

残る四人は奉行所の連中が出張ってくるまでに這々《ほうほう》の体で逃げ出したが、骸だけは動くわけもない。

月番が南町であったら右門の名でなんとかできたかも知れないが、北町だったのであれこれと様子を聞かれてややこしいことになった。見物が大勢いたのでそれでも事なきを得たが、誰もいなかったら直参《じきさん》旗本であれば扱いは丁重ではあっても、おそらく番屋までは同道させられたに違いない。

「上がるぜぇ」

自分の屋敷ではあるが勝手にというのも気が引けてとりあえず案内を請う。まず出てきたのは次郎右衛門であった。常なら嘉平の役回りであるが、声で三左とわかったからか。そういえば汁物のよい匂いが漂っていた。夕餉の支度の最中でもあったのだろう。本所の頃の屋敷と違い上平右衛門町の屋敷は広い分、勝手方が遠いのだ。

「なんじゃな」

玄関に仁王立ちで次郎右衛門が問うた。

「なんじゃなって、ただよ、飯を食いに来ただけさ」

甚十郎と源吾を思えば気が重かった。その分、晴れ晴れとした声など出ない。

「はて」

次郎右衛門にやや遅れ、嘉平が手を拭きながら勝手方から現れた。やはり夕餉の支度をしていたようだ。

「こんな時刻に急に寄られましても、ろくなと申しますかなにもございませんが。菊乃さんはどうなされました」

嘉平はいつもどおり素《そ》っ気《け》ない。

「甚十郎は置きっ放しか」

次郎右衛門も睨むように三左を見る。

「いや、その件もあってよ」

薄く笑うだけでそれ以上言わず、三左は脇に置かれた濯ぎで簡単に足を洗った。

俺の屋敷じゃねえかもやかましいのひと言もなく、いつもと違って殊勝な様子の三左に眉をひそめ、老爺二人は顔を見合わせひそひそとなにかを話した。

特段気にも留めずに玄関に上がり、かまわず奥に通ればもれなく後ろから黙って二人がついてきた。

すでに明かりの入った奥間に座してひと息つく。目を外に転ずれば、下川草助丹誠の庭にも夕闇が迫っていた。

闇に落ちる寸前の陰影も、また風情があって格別であった。

暫時、松の梢《こずえ》がかすかに鳴るだけで静かな刻が過ぎた。

次郎右衛門も嘉平も、三左の手前に座ったきりなにも言わなかった。いつにない様子の孫であり当主が、自ら口を開くのを待っているようだった。

「なあ。笠井の爺さんがよ、孫のために出てきたってのは知ってるかい」

残照すら消え果ててようやく、三左は内に顔を向けてそう切り出した。

「いや、そこまでは知らん」

次郎右衛門は言葉少なに首を振った。

「そうかい」

「その孫がどうかしたか」

「それが、そもそもがよ。――」

三左は保科日向守から聞いた事の起こりから、片岡という浪人の盆之窪に突き立った小柄までの一部始終を訥々と次郎右衛門らに話した。

その間、次郎右衛門は腕を組み、瞑目《めいもく》して黙って聞いた。

夕餉の支度の途中であった嘉平は何度か中座したが、話が終わる寸前の中座から戻ってきたときには盆に徳利と湯飲みをふたつ載せていた。

次郎右衛門と自身の分かと思いきや、三左の前に湯飲みのひとつを置く。珍しいこともあるものだ。

次郎右衛門が哀切たる光をたたえて目を開き、まず嘉平によって酒が満たされた湯飲みに口をつけ、吐く息に混ぜて、

「馬鹿が」

とただひと言を吐き捨てた。

「へっ。まだそれほどのことはしてねえつもりだがな」

三左も湯飲みに口を付け、ひと息に呑み干した。どうにも苦かった。

「おぬしのことではないわ。甚十郎じゃ。そうならそうと申せばよい。こうなる前であれば、儂だとてなにかできたかもしれんではないか」

次郎右衛門の言葉にも苦さが聞こえた。

「そうは言ってもよ。家のこと孫のことだってからにはよ」

「そこがすでにな、目が曇っておると申すのじゃ」

次郎右衛門は一度天井を睨んだ。

「出て来てすぐであれば止められたかもしれん。有情と非情の線引きで甚十郎は迷うた。その結果がこれじゃ。母御は止めて欲しいと申したのであろうが。人を斬った後では止められんぞ。止めるには」

次郎右衛門は呑み止《さ》しの湯飲みの酒をあおった。

「斬るしかなくなるではないか」

有情と非情の線引きは、すでに非情にしか引けぬということだろう。

「……斬る、か」

だろうとは思っていた。が、言葉として聞けばなお重く辛《つら》い。

「なあ爺さん」

三左は空の湯飲みをもてあそんだ。

「なんじゃ」

「たとえばそれが俺だったら、爺さん斬るかい」

「ふん。なんじゃそんなことか。斬るわけなかろう」

目を見開いて三左は顔を上げた。即断の有情とは聞いて意外であった。

が――。

「あやつ、甚十郎は老いて己の三十年に悔いが出た。それによって、孫を斬らねばならん事態を自らに招き入れることとなったのじゃ。だが儂は違う」

次郎右衛門はなぜか自慢げに胸を張り、口元には笑みさえ浮かべた。

「儂は我が生には一片の悔いもない。負い目もない」

控えた嘉平が後ろで、左様でございますなあと遠い目をしながら妙なところで納得の表情だ。

「それでいて、なぜわざわざ面倒臭いことをせねばならん。冗談ではない。だからそんなことになっても儂は放っておく。放っておくから、勝手に斬られろ」

三左は目を見開いたまま固まった。

固まったまま、悔いないと断言する次郎右衛門に代わって、一瞬でも祖父の情を思ったおのれを悔いた。

（まったくうちの爺さんはよぉ。――まあ、このくらい能天気な方が、こういうとき

はありがてえかもしれねえがな)

甚十郎がこの場にいたなら、次郎右衛門を見てまた変わらぬ情の深さと微笑《ほほえ》んだだろうか。

だが三左にはわからない。いや、次郎右衛門の本当の胸の内は誰にもわからないだろう。

わかるとすれば長年の苦楽をともにしてきた嘉平くらいか。

その嘉平は次郎右衛門に答えた後、夕餉の支度に立ちしばらく戻らなかった。

第四章　剣それぞれ

一

その夜であった。夜空を見上げれば昇る月は半月に近かった。

それでもまだ月影だけで十分に明るい夜である。昼間の過ごしやすさもそのままに、涼風が吹き抜けて町々の木戸を揺すった。

この夜、深編み笠を被った一人の男の姿が南鍛冶町《みなみかじちょう》から内堀に向かう路上に見られた。

笠井甚十郎である。

時刻はすでに夜四つを廻る頃であれば、見渡す限りに道をぶらつく者など甚十郎以外皆無であった。

やがて甚十郎は堀端に出、深編み笠の縁を上げて辺りを見渡した。

深閑として夜が降り積むだけということが確認されるばかりである。

「少しばかり、早まったかの」

甚十郎は独り言ちた。

前夜に深川元町の屋敷を出たのは、今思えば年甲斐もない衝動だとわかる。それも止むに止まれぬ衝動である。

孫が人を斬ったと聞いていたたまれなくなったのだ。すぐにも捜さねばという気持ちだけが先走った。

「ふっふっ。その結果がこれではの」

甚十郎は自嘲した。

どこをどう歩いたのかはよく覚えていないが夜通し歩いた。ただ彷徨っただけに等しい結果であった。

陽の出の頃から陽の入りまでは内堀に沿ってうろついた。登城下城の誰かに狙いを定めて、源吾がどこかに潜《ひそ》むやも知れぬと考えたからだ。しかし、源吾らしき若者を見かけることはなかった。これもただうろついただけの結果であった。

日暮れてからは前夜のさまよいの繰り返しである。

そうして、ふたたび甚十郎は内堀に出たのであった。

飲まず食わずであったが空腹感はなかった。腹は思いで満たされたままだ。

「三十年前には狭く息苦しい町だと思うたが、いやはや、今の三左が申すとおり、当て所《ど》なく歩くには広い広い」

どれほどの距離を歩いたかは知れない。富士講伊勢参りの旅人ではないが、まる一昼夜を越えて歩き詰めであった。空腹感はなかったが、身に濃く溜まる疲労だけはどうしようもなく実感された。つい二年前まではこんなことなどなかったとは、先の自嘲に混ぜ込んだ一分《いちぶん》である。

寄る年波、だけのせいではない。二年前まではたとえ山野を寝ずに駆け通してもこんなことはなかった。

「うっ」

突如、甚十郎は堀端に倒れ込み、堀に向けて深編み笠ごと顔を向けた。背を大きく上下させせながら咳き込む。喉奥から迫り上がるものを止めるもならず、甚十郎は吐き出した。

二年前から甚十郎の身体を蝕《むしば》む変化が、月明かりを受けつつ堀にどす黒く散った。

その後どれほどそのままでいただろう。少しばかり気を失っていたかも知れない。

やがて甚十郎はよろよろと起き上がって口元をぬぐった。深編み笠の縁を上げれば、夜空の月が動いていた。

「急がねばなるまいて」

今この場に限ったつぶやきではない。

急ぐとは間に合わせるという決意であり、間に合えという願望である。

甚十郎は内堀に沿ってまた歩き出した。夜のうちに内堀に出たのは、昼間歩いた際《さい》一石橋を渡った先の、本両替町《ほんりょうがえちょう》の路地に手頃な稲荷《いなり》を見て取ったからだ。

まずは稲荷に明日を祈り、そのまま泥のように眠るのだ。

吐けば楽にはなるが力が落ちる。眠れば落ちた力がまた元に戻る。

だから今ならまだ間に合うのだとおのれに言い聞かせ、甚十郎は重い足を引きずるようにして稲荷に向かった。

二

それから四半刻ほども歩いただろうか。目指す稲荷にはまだ辿り着かなかった。

吐いて胸は楽になり足取りはしっかりとしたものに戻ったが、先を急ぐほどの力までは出なかった。一里もないとつけた見当が間違っていたか。

いやそうではあるまいと甚十郎は薄く笑った。

そもそも飲まず食わずで一昼夜を、しかも病まで得ていながら歩き詰めだとは人が聞いたら化け物としか思わないだろうが、化け物本人からすれば納得がいく話ではなかった。

たかだか一里足らずの道が、化け物にはもどかしいほどに遠かった。

と、甚十郎はおのれの背にじっと当てられる気配を意識した。

昼過ぎから漠然とした靄《もや》のようにして何度か背に感じたものだ。

気の迷いか、そうでなくば離れたところからの目であったろう。おそらく半町は離れていると甚十郎は見当をつけた。日中の雑踏で半町離れては、出所を探ることは甚十郎とて不可能であった。不可能なことに人か気の迷いかの判別はない。だから放っておいた。

それがこの期《ご》に及んで、はっきりとおのれの背を睨む針のような視線として形を取った。

甚十郎は立ち止まった。

隠し立てもしない気配を探ればおよそ十五間、正確には十四間と当たりをつけて振り返る。

まさしくその位置に、三十絡みの侍が一人立っていた。

侍は浪人では有り得なかった。月代《さかやき》は綺麗に剃り上げられ、髷には寸毫《すんごう》の乱れもなかった。ただ、特になにといって特徴のない小役人風だが、目には狡猾《こうかつ》といってよい光がありありとしていた。

「なにか用かの」

甚十郎は場違いを承知で聞いた。

「ふっ。なにか用とは能天気な爺いだ」

男は鼻で笑ったが、甚十郎とて本当に用件を知りたいわけではない。昼間から付け回す胡乱《うろん》な男には剣呑《けんのん》な用事しかないとは誰でもわかる。聞いたのは声を出したかったからだ。おのれを計るためである。

声は普通に出た。手指もそれとなく動かすが自在であった。少々の怠《だる》さが全身にあるが、そのくらいならばなにがあっても問題はない。

男が無造作に前に出てきた。傲岸不遜《ごうがんふそん》にして態度はどこまでも尊大であった。

「爺い、今さら探ってなにをしようというのだ」

冷淡な声は上から降るようであった。男の背が六尺に近いと甚十郎は今さらながらに気づいた。

「はて。探るとはなにをじゃな」

構えることなくただ深編み笠の縁に手を掛け、甚十郎は男の顔を見上げた。

要領を得ぬ甚十郎に苛《いら》ついたか、

「惚《とぼ》けるな」

唇を歪《ゆが》めた男からはちっと短い舌打ちが出た。

「父上から聞いたぞ。爺いおぬし、笠井甚十郎というそうだな。笠井家を捨てて消えた先代の」

「ほう。親父殿から」

多少の驚きはあったが意外ではない。そういうこともあろうかと思い、あえて堂々と昔馴染みを組屋敷中に訪ねたのだ。それが当たったようである。

「おぬし、名は」

甚十郎の三十年前を知り戻ったと知るは、内藤次郎右衛門と嘉平のほかには江上《えがみ》、山崎《やまざき》、杉浦、大多和《おおたわ》、篠塚《しのづか》と、深川元町の組屋敷に住む隠居の五人しかいない。

さてそのうちの誰に似ているかと男の顔をのぞき込めば、

「儂は、杉浦一之進」

爺と侮ってか腕に覚えがあるのか、はたまた甚十郎の先の吐血を見知ってか、なんにしても男はおのれの名を躊躇《ちゅうちょ》することなく名乗った。

名乗るということはこの場から生きて帰さぬということであろう。すでに丸出しの殺気が滲み始めていた。

「そうか。杉浦か」

よく見れば一之進は、たしかに目元が甚十郎の知る杉浦にそっくりであった。

「真面目が取り柄の男であったがな」

どちらかといえば、一之進の父は凡庸な徒目付であった。だから〈常御用〉であった甚十郎が使うことはそう多くなかった。凡庸の証《あかし》である。その代わり陰でこそこそすることもない、人としては好もしい男であった。

「優しげな目をした、憤《いきどお》ったところなど見たことのない男であったがな。先日もいきなり顔を出した儂を、涙までして喜んで迎え入れてくれたが。……いや、その優しさが仇《あだ》となって子が腐るか。ふっふっ。儂のことは真逆じゃな」

途端、一之進の殺気が小山のように膨れ上がった。

「はっ。口だけは達者だな。内藤とかいう手合いには失敗したが、まずはその減らず口から塞《ふさ》いでくれようか」

殺気が怒気をともない、熱い波のように甚十郎に寄せる。それなりに腕は立つようだ。

が――。

「そうじゃな。受けて立つのはいっこうにかまわんが」

甚十郎は半眼に落として杉浦を見詰めた。

それだけで体感される熱さは霧散した。

「この程度か」

一之進も並以上の腕ではあったろうが、甚十郎にすればそこまでということだ。

波立つ熱さなどは物の数ではない。熱として捉えるのは甚十郎の感覚ではあるが、どうせなら高止まりに熱い灼熱であり熱血であってくれれば剣士としての血も逆巻く。いうならば昔の内藤三左衛門のように、今の内藤三左のように。

特に今の内藤三左には一度斬り合って内心舌を巻いたものだ。剣には人格が表れる。内藤三左は見事というほかないほど、無尽蔵と思われる若さと情を燃やしてどこまでも熱かった。

それにくらべて一之進は――。

「まあ、おぬしの腕では無理じゃな」

「やかましいっ」

いきなり一之進の背が低くなったと思いきや、その腰間《ようかん》から月影を映した銀光がほとばしった。腰を沈めて撃った抜き打ちの一閃《いっせん》である。十分な体勢からであれば太刀行きにも申し分はなかった。そんじょそこらの道場では太刀打ちできる者もそういまい。

あくまでも、そんじょそこらの道場では。

しかし、甚十郎は化け物である。そんじょそこらの道場にいるわけもない。

短い呼気で丹田《たんでん》に気を落とし、甚十郎は摺《す》り足に退いた。腰間からきらめく銀の光の、初動から終いまでのすべてを甚十郎はその目に捉えていた。

が——。

「ふむ」

深編み笠に新たに開けた視界から甚十郎は一之進を見た。

笠は縁から一寸ほど斬り込まれていた。

一之進の抜き打ちが甚十郎の見切りを越えて伸びたわけではない。

(これは、思うた以上に重いの)

甚十郎の動きと感覚にずれがあったのだ。

「口ほどにもないぞ爺いっ」

手応えなく上天に伸びた刀をそのまま振りかぶり、一之進は畳み掛けるように甚十郎に迫った。

(重いが、まあだからどうと狼狽《うろた》えることもなし)

甚十郎は素立ちのまま深編み笠の顎紐に手を掛けると、解くと同時にいきなり一之進に向けて放った。

「うおっ」

上段ですでに一刀を始動すべく手の内を絞り始めていた一之進は、払うもならずがら空きの顔面に深編み笠をもろに受けた。

その間に甚十郎は音もなく位《くらい》を崩した一之進に擦り寄った。

「なっ」

突如として眼前に現れたに等しい老剣士の姿に一之進が目を引き剝くのもむべなるかな。

甚十郎はなにを待つことなく腰をひねると、佩刀を鞘ごと押し出して一之進に柄尻《つかじり》を突き込んだ。

「ぐっ」

手から太刀を飛ばし、一之進は身体をくの字に折ってその場に膝をつく。

宙を飛んだ一之進の太刀を一歩も動くことなくつかみ取ると、甚十郎はふむと一見だけたしかめて目に冴えた剣気を宿した。

大気を裂く軽やかな唸りが月影の尾を引いて一度だけあがった。

「他愛もない」

甚十郎は一之進の太刀を肩に担いだ。

一瞬なにが起こったかわからぬようで一之進は固着したが、やがて気づいたようで右手を頭に廻した。

一之進の髷は頭頂を傷つけることなく、髻《もとどり》から先が綺麗に攫《さら》われていた。

こうなれば手練の彼我は増上慢にも明らかであったろう。

目にかすかな怯《おび》えを宿す一之進の鼻先に甚十郎は剣尖を突きつけた。

「儂こそ聞こうかの」

なにごともなかったかのような好々爺然《こうこうや》とした声音である。

「な、なにも、儂はなにも知らんっ」

「ふむ」

刹那、甚十郎の肩から発した刃がもう一度月光の尾を引いた。

「ひっ」

一之進が引っ詰めた声を上げつつ手で額を押さえる。やがて指の間から鮮血がこぼれた。

甚十郎の一閃が、額の皮一枚を真一文字に斬り裂いたのである。

「次は耳か鼻か。いやいや、面倒なくこのまま素《そ》っ首《くび》落としてもよいぞ」

甚十郎は一之進の前に片膝をついた。

「誰が、なにが我が家を潰した。信太郎を死に追いやったっ！」

冷酷といってよい微笑みから声を絞り出す。白刃に匹敵する声だ。

「ひっ。ひぃぃっ」

額を押さえたまま、一之進は地べたにうずくまって情けない悲鳴を上げた。

このあとはもう、なし崩しであった。甚十郎の悲しみの気に押され、一之進はまくし立てるようにすべてを話した。

中でも、

「工藤《くどう》か」

甚十郎は聞き終えてゆらりと立ち上がった。

目付、工藤大膳《だいぜん》は甚十郎も知った名であった。その工藤がどうやら、徒目付が動く中で知り得た弱みを使い、旗本御家人家へ強請《ゆす》り集《たか》りをする仕組みの元締めらしい。

「あの阿呆めが」

甚十郎の脳裏に、才気走って気位だけが高かった若き工藤大膳の顔が浮かぶ。

「あやつなら」

あのまま老成したなら顔色ひとつ変えず人の弱み、人の一生をもてあそぶことも意に介すまい。

「さもあらん」

と溜息混じりにつぶやき、甚十郎は足下にうずくまる一之進に目を落とした。

「この場で斬り捨ててもよいが、親父殿が儂に流してくれた涙は汲まねばなるまい。帰れ。帰って、おのれの身の処し方は親父殿と相談せい」

促されても動かない。すでに一之進は抜け殻のようであった。

襟首をつかんで引き上げれば、それでようやく我に返ったものか、一之進は後も見ずに駆け出した。おのれの刀を拾うことも忘れている。

「あれでは覚悟などできなかろうな。じゃが、あの親父ならば、杉浦ならば始末を違《たが》うことはあるまい」

しばし見送り、甚十郎は地面で微風に揺れる深編み笠を取り上げた。

そのときである。

通りの奥からであるにもかかわらず、甚十郎をして反射的に飛び退かざるを得なくさせるほどの殺気が突如として湧き上がった。まったくわからなかった。

「ぎゃっ」

ほぼ同時に聞こえ来る断末魔の悲鳴は杉浦一之進のものである。見れば倒れ伏す一之進のかたわらに、白刃を手に提げたひとりの男が立っていた。

「やっ」

思わず駆け寄ろうと数歩進むが立ち止まる。それ以上を甚十郎は容易に近づけなかった。

殺気が総量を変えることなく、甚十郎に向けられていたからである。

だが、わかった。月影に見るだけでも男は組屋敷の馴染みどもに聞いたとおりの風貌であった。鷹の目をしていた。

「源吾か」

初めて目にする孫ではある。が、声には喜びも親しみも乗せようとして乗らなかった。変わらぬ殺気には剣士としての気構えでなくば抗えなかった。

甚十郎に名を問われて源吾はかすかに肩を震わせた。

「ふっふっ。そう気安く呼ばれる間柄ではないはずだが」

こちらも感動したわけではない。笑ったのだ。

「それにしてもおぬしといいあの内藤とか申す無頼といい、よくも狙いの周りをちょろちょろとしてくれる」

声に感情は聞こえなかった。祖父をおぬしと呼ぶ声音はどこまでも冷たい。感じるのはまるで氷の刃だ。

「我が欲するところを聞き出したのは手間が省けてけっこうだが、目障《めざわ》りだ。これ以上の手出しは無用」

「そう申すな。儂はおぬしのことを母者《ははじゃ》から頼まれておるでな」

このときだけ、氷にわずかなひびが入ったように甚十郎には思われた。

「なんとな」

「止めてくれと」

「──止めてくれか」

ひびは瞬く間に極寒の中で修復した。

「それで止めようと、どこぞよりのこのこと出てきたわけか」

「左様」

「止まらん、といったら」

「そのときは……」

甚十郎はいい淀《よど》んだ。

「是非もなしじゃ」

悲しい言葉である。普通に暮らしていれば孫に向ける言葉では絶対にない。

「ふっ。笑止」

源吾は片頬を吊り上げた。

「止めるつもりなら、その消えかけの命をさらに縮めるつもりでこい」

「消えかけ。……見たのか」

「見たくて見たわけではない。日暮れにようやく見つけた杉浦の跡をつけていたらそうなったまで。誰ぞと密会でもするつもりかと思うたがおぬしであった」

源吾は甚十郎の吐血を知っていた。知ってなお、感情は微動だにしない。

「なあ源吾」

甚十郎は源吾の剣界に足を踏み入れようとした。

「寄るな」

途端、源吾の殺気が甚十郎に向けてさらに膨れ上がった。

「寄らば斬る」

動けなかった。恐れではない。憔悴《しょうすい》しきった身体が、現《うつつ》にも氷の刃と感じるほどの気を受けて動かせなかったのである。

せめて二年前であったなら、いや、吐血の前であったなら、なにをかできたかも知れない。しかし今甚十郎にできることは、その場に踏みとどまり後悔と自責に苛《さいな》まれながら歯噛みすることだけであった。

「ふっふっ。そうだ爺さん、教えといてやろう。止めるも止まらぬも、我が剣はな、すでに血塗られている」

「承知しておる」

「そうではない」

源吾はゆるく首を振った。

「私が手に掛けた徒目付の角田仙一はな、そこな杉浦一之進を調べる手であった」

「…………」

しばし考え、甚十郎は言葉の意味を理解した。

「！」

「わかったようだな。そう、すでに我が剣はな、清廉潔白なもののふの命をひとつ奪っているのだ。ふっふっ。それを止めるだと。ふっふっふっ。三十年遅いぞ爺さん。それこそ是非もなし」

甚十郎はなにも言えなかった。

「もう、止まるものではない。果てまで。地獄までな」

源吾は甚十郎に冷ややかな一瞥を与え背を返した。

「それでも止めるというなら、せめて剣を振るえるときにこい。相手になってやる。笠井の家と父を放り捨ててまで極めんとした腕、見せてもらおう」

慈悲、ではあるまい。剣士としての興味、家族としての恨み。聞こえ来るのはそれだけだ。

「ま、待て」

歩き始めた源吾を追おうとし、甚十郎はその場に膝をついた。咳が出始めたのである。止まらぬ咳であった。少なからぬ血も吐いた。

源吾は一度として振り返ることはおろか、立ち止まることもしなかった。

やがて咳が収まる頃には、源吾の姿はどこにも見当たらなかった。

甚十郎は立ち上がり、今や闇空に玲瓏《れいろう》として輝く二十日余りの月を見上げた。

「よう、今の三左衛門」

月に見るのは三左である。

源吾のどこまでも冷え切った剣気に当てられて思うのは三左であった。高く熱い三左の気である。

甚十郎では源吾を止められぬかもしれぬ。が、あるいは三左ならば――。

「いや。人を頼んでなんとしよう」

甚十郎は自嘲した。

「これは、我が家のことである。儂と孫のことである」

低くつぶやいて首を振る。

「なあ、三左衛門。出来得るならば、出会うな。手紙に知るどころではない。いや、仇討ちの執念が位を上げたのかもしれん。が、なんにしても源吾の剣は、おそらく儂の思うところをはるかに越えておる。儂は三左衛門、おぬしの日輪のような剣が好きじゃ」

深編み笠を手に、甚十郎はふたたび稲荷へと向け歩き出した。先よりもさらに力ない足取りであった。

月だけが光で、甚十郎の助けであった。

三

翌日は南風の強い一日であった。砂塵で十間先が見通せぬほどである。

この日、夕刻になって三左は右門をみよしに呼んだ。

使いはみよしの舟である。時とともにいくらかは軟化しているがまだまだ態度の固いおつたに、ひとつお願いしたいのですがと頭を下げてなんとか頼み込んだ。

風の唸りがまったく止まない夕べであった。

黄昏《たそがれ》時からは提灯《ちょうちん》も使えず人の姿もわからず、だから大通りに人気が絶えるのは早かった。皆、早飯早寝を決め込むに違いない。

闇以外なにも見えず風の唸り以外なにも聞こえずでは、右も左もわからなくなる恐れがあるのだ。下手をすればいきなり現れた人や物に激突して怪我をするだろう。

で、右門が弱いのはわかっていたが、使いは迷うことなくみよしの舟となった。早いしなにより安全なのだ。ひっくり返りさえしなければ。

翌日に持ち越すということは考えなかった。

どうにも人死にが増えている。日向守に聞いたそもそもの話は、できるだけ早いうちに伝えねばならなかった。

「お、遅くなりました。か、風が凄くて」

案の定、右門はいつも以上の船酔いにふらつきながらやってきた。

「悪ぃな。こんな日によ」

「い、いただきますよ」

真っ青な顔の右門はまず、おつたが運んできた酒をあおるようにして呑んだ。

これは、右門を舟で呼んだときの恒例である。まず呑んで右門の船酔いが落ち着かなければ話にならないのである。

いつもならそれでも杯に注ぎながら銚子半分ほどを呑み、出される料理に箸を付けつつ一本を呑みきるのが話を切り出す頃合いであったが、この夜はいきなり銚子にそのまま口を付けて一気呑みであった。風によって舟がどれほど揺れたかがうかがえる。

そこから恒例の銚子半本が始まり、箸を付けつつの一本となった。

三左が前日の日向守に聞いたことと、その帰り道に起きたことを話し始めたのはそれからだ。

話の途中途中におつたが料理を運んで出入りする。だが、手ずから料理を運ぶとは機嫌が直ったからかというと、そう甘くはないだろう。

雨だけでなく、当然のように風にも船は弱いのだ。こういう日はみよしを訪れる客は少ない。で、仲居も板前も船頭も暗黙の了解で早上がりとなる。だから、ほかに運ぶ者がいないというだけの話に違いない。

それにしても、料理を出し終えてもおつたは座敷を去らなかった。いて、酌をするわけでもなくただ黙っている。それなら邪魔くさいからいないでくれと三左は思うがおつたに伝わるわけもなく動かない。しかも居場所は三左の隣ではなく、介抱するふうを装って当てつけのように右門の隣だ。

「へえ、繋《つな》がるもんですね」

料理をあらかた胃の腑に納めた右門は三本目の銚子に取りかかった。少し呑みが早い気もするが放っておく。舟に強い三左には船酔いの程度などわからない。

「酔っぱらって川に落ちた侍からここまで。へえ。なんか、風が吹けば桶屋が儲かるってやつみたいですね」

事件とわかっていて喩《たと》えが軽いのは右門が酔い始めた証拠であったろう。

「その喩えが合ってんだか合ってねえんだかはよくわからねえが、少なくとも俺らは儲からねえよ。儲かるどころか、人死にと悲しみが多すぎら。それで腹一杯だぜ」

「おっ。人死にといえばそうそう」

右門は呑み止《さ》しの杯を空にして膳に戻した。

「三左さんの言葉で思い出しました。ちょうどこちらからも話がありましてね」

と、やや興奮気味に右門が語り出したのは、前夜に起こった杉浦一之進の件であった。

「角田を斬ったのと同じ、凄い斬り口だったと聞いてます。しかもこっちは袈裟のひと太刀で命まで。見立てでは間違いなく同一人物だろうと」

「ちっ。後手後手ってやつかい」

「笠井源吾でしょうかね」

「ほかにそんなのがそう何人もいてたまるかい」

三左は眉間に皺を寄せて酒を呑んだ。またひとつ増えた甚十郎の悲しみを思えば、苦さが格別であった。

「それにしても三左さん」

右門が呼び掛け、箸先で座敷中をぐるりと示してから口にくわえる。なにやら挙動不審である。やはり最初に一気呑みした一本が多かったか。

「今日はみよしなんですね」

「……は？」

「こんな日は三左さんの組屋敷の方がよかったのに。この間のときは笠井さんの残り物でしたけど、菊乃さんの手料理は美味かったですよ」

酔いが進んでか、おつたが隣にいるにもかかわらず右門が物騒なことを口にする。

「お、手前ぇ。右門っ」

「あら。へえ。菊乃さんてそんなにお料理が上手なんですか。へえ。ならこちらにわざわざお運び頂かなくてもけっこうでしたのに。へえ」

ときすでに遅くおつたの目尻がはっきりと吊り上がる。

「き、菊乃の料理か。いや、そうだったかなあ。いや、俺ぁそんなに、いや、別に」

「ええ。そりゃあもう。私は感動しました」

「右門っ」

おつたの不機嫌も三左の目配《めくば》せも意に介さず右門はひとり我が道を行く。果てに三左は拳を握って見せたが右門はどこ吹く風だ。かえっておつたが冷ややかな顔で三左を見る。

と、

「三左さん」

やけに真顔で右門が呼び掛ける。

「いや、料理の話はいいんです」

いいならするな。言い出したのはお前だろうと思うが止めておく。終わったのならそれでいい。おつたの手前、それ以上を突っ込んで三左が掘るとしたら墓穴である。

「その菊乃さんをひとりぼっちですか。笠井の爺さんはもういないんですよね」

右門は止まらない。止まらないが、ふと右門がなにを言いたいかわかった気がした。

「三左さんが襲われたくらいだ。菊乃さんの送りはどうしたんです？」

ということである。酒のせいか話がやけに外を廻ったようだ。なにもかも薙《な》ぎ倒しながら。

三左は仏頂面で横を向いて酒を呑んだ。

「菊乃なら来てねえよ」

「はあ？」

今度は右門がわからぬげだ。

「昨日送ってったときにな、今日からはさすがに止めてくれって頼み込んだ。毎日毎日送ってくんじゃゃ、かえって吉田さんとこで飯食ったほうが早ぇくれえだ。だから当分来ねえよ。物騒だから家からも出るなって言っといた」

「ああ、そういうことですか。ならよかった。……でも、そうですか」

なぜか魂胆ありげな溜息をつくが三左にはわからない。

が——。

「えっ。あら」

隣からおつたが右門の顔をまじまじとのぞき込む。

「あらあら。へえ」

三左にはそれも不可解なことだが、なぜかおつたの目尻が下がった。下がっただけでなく興味津々の光が宿る。

で、いきなり座敷から出て行ったかと思えばすぐに戻ってきて右門と三左の真ん中に塗り皿を置く。蕪《かぶ》が上手く漬かったからとなぜか機嫌がいい。

あっちもこっちもよくわからない。で、わからないから三左は深く考えないことにして蕪をつまんだ。内藤家に生きてきた男の習慣である。

「でよ、右門。今の話で、なんか打つ手は思いついたかい」

蕪をかじる。たしかに美味い蕪であった。

「思いつきません」

右門も蕪をかじりながら首を振った。酒の力かいつも以上にきっぱりはっきりしている。面倒臭い奴だ。

「なんといっても支配違いなのが痛い。くわえて誰に当たりをつけていいのかもわからないとなっちゃぁ」

「ならお前ぇ。徒目付の連中しらみつぶしにするしかねえじゃねえか」

「いいですねえ。でも、誰がです？」

「誰がってお前ぇ」

「私が動くのは構いませんよ。けど連中は口が堅い。一人じゃとても後手を先手に変えられるとは思えません。かといって菊乃さんには睨まれましたが、手の者を動かす、しかも内々にとなれば実際に費えが掛かります。あるんですか。私にはありません」

「俺も、ねえ」

「でしょうね」

酔って呂律《ろれつ》が怪しくなるならわかるが、かえって滑りがよくなったか立て板に水だ。とことん面倒臭い。

「いいわ」

突然おつたが潑剌《はつらつ》とした声をあげて胸を叩く。

三左だけでなく酔っ払いの右門も、さすがに怪訝な表情でおつたを見た。

おつたはなぜか目をきらきらとさせ、輝くような笑顔であった。

「探索の費用をお金で出してあげるってわけにはいかないけど、その人たちがここで何度か呑み食いしていいってことでどう？　それでみんな動いてくれないかしら。ねえ、大塚さん」

「えっ。ここって、みよしでってことかい」

「ここはここに決まってるでしょ。で、どうなの」

「え、あっ。うん。まあ、費えったって、私が払うのは、一日動かして夕飯に一膳飯屋で一本二本つけられる程度。ここで呑み食いしていいならお釣りが来る。かえって、みんな俄然やる気になるかも知れないが、女将、ほんとうにいいのかい」

「二言はありません。なら決まり」

おつたはもう一度胸を叩いた。

「費用代わりの呑み食いの件はわたしが面倒見ます。だから大塚さん。ちゃっと片付けて下さいな」

なにがなんだかわからず、三左と右門は顔を見合わせる。

「だってそうしないと大塚さん。菊乃さんが安心して三左さんのお屋敷に行けないいんですよ」

おつたの言葉に一瞬目を泳がせ、

「あっ」

右門は身体ごとおつたに向き直った。

「も、もしかして、わかってしまったかな」

「ええ。私はどっかの朴念仁《ぼくねんじん》とは違いますから」

「そ、そうか。でも、ううん。それならば思いきって言うが」

「いえいえ。みなまでおっしゃらずとも」

「あっ、それはありがたい。でもね、そういうことなんだ。私がちょっと落胆したのは」

「蔭《かげ》ながら力になりますよ。これは、そういうつもりで私が引き受けるんです」

「恩に着る」

右門はおつたに頭を下げた。おつたはそんな右門を菩薩《ぼさつ》のような慈眼《じがん》で見る。

「でも大塚さん。私にできるのはこれだけですよ。あとはご自分で頑張ってくださいね」

「うん、なんともね。それなりに頑張るよ」

「それなりじゃ駄目ですっ」

「えっ。あ、精一杯頑張ります」

「そうそう、その意気」

「いやあ、女将。それにしてもよくわかったね」

「ふふっ。だから小さいながらにも船宿の女将なんてやってられるんですよ。人の気持ちは読まないと」

「さすがだ。みよしはいい船宿だ」

三左は意気投合した右門とおつたを交互に見比べ、さらには天井を見上げた。

（なんなんだ）

さっぱりわからない。三左一人が蚊帳《かや》の外である。

ともあれ、勝手に蕪をつまみ勝手に酒を呑む三左を措き、八丁堀の同心とその金主《きんしゅ》の話は続いた。

とにも決まったことは、まず翌夜に〈寝ず〉の政吉を呼ぶことである。

右門が十手《じって》を預けて二足の草鞋《わらじ》を履く山脇屋の仏の伝蔵は大して動かないが、その手代にして小者の政吉が大いに働く。政吉は、右門が調べを進めるに当たっての中核といってよい存在であった。

「じゃあ大塚さん。いつもよりちょっと遅めに七つどきでいいですか。それとも六つ半くらい?」

「そうだな。昼間の内に伝蔵に断りを入れておけば六つ半でいいだろう」

「わかりました。ということで、いいわね三左さん」

「それで大丈夫ですか」

二人が代わる代わるに声を掛けるが、三左はまったく聞いていなかった。

しばらく蚊帳の外だったのだから仕方ない。

「おっ。風が止んできたみてえだな」

右門おつたの二人から、ちゃんと聞いてたんですかと三左が叱られるのはその直後であった。

四

翌日は前日と打って変わって風のない穏やかな一日であった。

その代わり、かえって江戸の町中は大わらわである。

木と紙の建家は当然火事にも弱いが風にも弱い。やれ板戸が飛んだの屋根が飛んだのと大工職人は根こそぎ駆り出されて走り回り、無事であっても商家や武家屋敷などは大きければ大きいほど、すきま風に舞い込んだ砂埃の始末掃除に総出で一日中忙しく立ち働くことになる。

で、その忙しさもようやく終わりを告げようとする黄昏時のことであった。

赤い目の菊乃が、小走りに神田川沿いの河岸道を浅草御門へ向けて急いでいた。神田松永町《まつながちょう》のさる旗本屋敷から本所への帰り道であった。

赤い目といっても泣き腫らしたというわけではない。このところ三左の世話が生活の中心になっていて、やらなければと思いつつも得意先から受けた仕立物が滞《とどこお》っていた。

その催促《さいそく》が前日に来たのである。三左には屋敷からも出るなと念を押されたがお得意からの催促であっては仕方がない。そもそも気にはなっていた。途中で放りっ放しにしておいた方が悪いのだ。

しばらくの暇《いとま》をこれ幸いに菊乃は頼まれ物を夜なべで仕上げ、大急ぎで届けた帰り道であった。

「早く帰らなければ」

菊乃は暮れゆく道に足を速くした。届け終えてみれば今さらのように、しばしの暇ができ仕立物がはかどったことと、それを届けるために外に出るということの矛盾に気づく。

昼間が大忙しであった分、残照の頃ともなると目抜き通りは別にして、小道は静かなものであった。人影もまばらである。

と——。

薄暮《はくぼ》の中から菊乃の前に、道を塞ぐようにして三人組の浪人が姿を現した。

「何者です」

一歩二歩と後退《あとずさ》りながら菊乃は牽制《けんせい》した。何者とはどこの誰という意味だけではなかった。三人とも、見るからにどこかおかしかったのである。

一人は首筋から胸にかけてさらしを巻き、一人は添え木まで当てて右手を吊り、残る一人などは上唇が異様なほどに腫れ上がっていた。

ただ通りすがってさえ、夕べに出会って決して気持ちのいい三人組ではなかった。

「ふっふっ。片岡氏は不運であったが、依頼事をそのままにしては寝付きも寝覚めも悪くてな」

首筋からさらしを巻いた浪人が顎を撫でながら好色な目を向ける。

菊乃の知るところではないが浪人らは、杉浦一之進の依頼で三左を襲った者達の中の三人であった。上唇を腫れ上がらせて頷《うなず》くだけなのは反っ歯の男である。今や鼠顔の見る影もない。頷くだけなのは三左に前歯を折られて話せないからだろう。

「片岡氏も見栄など張らず、あの無頼漢よりまずこちらを襲えばよかったのだ。労せずして柔らかな女体と、いずれは売り飛ばしの大枚が入ったものを」

添え木の浪人が追従《ついしょう》してにやつき、元鼠がまた頷いた。

胸元の懐剣に手をやりながらもやはり年若い娘である。赤い目に怯えの色を浮かべつつ菊乃はさらに一歩二歩と後退った。

助けを求めようにも辺りに人影は皆無であった。

大通りまでと背を返すが、

「おっと」

首筋からさらしの男が道端を走って菊乃の先回りをする。この男だけは見た目よりも元気なようだ。

菊乃は反射的に振り返った。しかし、添え木と上唇を腫らした浪人もすぐ近くで両手を広げていた。

　万事休すである。

　菊乃は身をひねって道端に寄った。左右に暴漢らを睨み付ける。

　やがてその目が、一点を注視して動かなくなった。添え木と元鼠の向こうである。

　菊乃の視線に疑問を覚えたか元鼠が背後を振り返り、

「ややっ！」

　と警戒の声を上げた。

　音もなく気配もなく、菅笠を被り懐手を揺らした男が近づいてくるところであった。

「お、おい」

　元鼠に促されて残る二人も顔を動かす。

「何奴じゃあ」

　胴間声《どうまごえ》を上げたのはやはりさらしの浪人であった。

　男は歩みを止めることなく懐手をばらりと解《ほど》いた。

「片岡とかいう浪人に小柄を打った男、と申したらなんとする」

　男は、笠井源吾であった。

「な、なに」

　片岡の名を聞いて一瞬浪人らがひるむ。

その一瞬だけでも生と死を分けるには十分であったろう。

源吾はいきなり走り出し、浪人らの間に割って入ると抜く手も見せず佩刀を鞘走らせた。

うっともげっとも、とにも断末魔の呻きが三つ上がった。

血飛沫上げて倒れる浪人らの間に、はや源吾はいなかった。

駆け抜けた先二間で、源吾は残心に位取ることもなく刀を納めるところであった。

ひるがえる殺刃を目の当《ま》たりにし、菊乃は唇をわななかせるだけで声もなかった。

「こやつらの頭《かしら》も雇い主の杉浦もこの世にはいない。こんなことはもうないと思うが、万が一の用心はすることだ」

冷めた声音でそれだけを背の菊乃に告げ、源吾が振り返りもせず歩き出そうとする。

ようやく我に返った菊乃は、青ざめつつもふと思うところがあって源吾に小走りに寄った。

「あっ、あの。あなた様はもしや、笠井源吾様ではございませんか」

震えながらも口にする。が、特に源吾からの答えはなかった。

「お母上様があなたの身を案じておられます。それで、わざわざお爺様が江戸に出てこられて――」

「よい」

菊乃の言葉を遮《さえぎ》るようにして源吾はいった。

「知っておる。すでに出会った」

「えっ」

源吾へと伸ばしかけた手を菊乃は思わず引いた。引きはしたが、告げ忘れていたことを思い出す。

「あ、あの、危ないところをお助け頂き、ありがとうございました」

「それも、無用」

源吾の菅笠が少し動く。

「たまたまあやつらを見掛けた。で、つけてみた。それだけのこと」

顔まではわからなかったが、肩口からであればわずかにさきほどより源吾の声が近かった。

その分、冷ややかさも近かった。

「それがそなたを襲おうとする場面だったことを、そなたは幸運だと思うがよい」

また菅笠が少し動き、と同時に源吾は歩き出した。

「あっ。お待ち下さい」

「もう誰にも、自分でも止められぬところまで来た」

声はそれだけで決然として、菊乃をその場に縫いつけるに足るものであった。

「ならば」

唇を噛み締め、それでも菊乃は精一杯の声を出した。

「ならばせめて、命を粗末になさいますな」

「ふっふっ。命を粗末にするな、か」

冷笑しつつ、源吾の足が止まることはなかった。

「今となっては、仇にさえ刃が届けば死こそ本望。その方が面倒なく、早々と父の元へ報告にゆける」

「けれど、……けれど」

深まり始めた夜に腕を差し伸ばすだけで、菊乃はそれ以上なにも言えなかった。

闇そのものと同化してゆく源吾の背は、もうそれ以上の一切の関わりを拒んで見えた。

五

同じ夜である。菊乃が襲われた少々後のこと。

三左と右門は六つになる前からみよしにあがり、ちびちびと酒を舐めながら政吉の到来を待っていた。

この日は店が忙しいにもかかわらず、おつたが六つ半を待たずに料理と酒を運んできてそのまま同席である。いいのかいと三左は聞きたかったが黙っておいた。普段の明るさに戻っているおつたをまた不機嫌にすることはない。そもそもいてくれた方が、口にはしないが三左も嬉しかったりする。

「政吉さん、そろそろですね」

酌をしながら笑顔のおつたに三左は黙って頷いた。

政吉の働く浅草の山脇屋には主であり親分でもある伝蔵に向け、昼間の内におつたのところの若い衆を走らせておいた。右門が言ったように一応断りを入れる格好だ。お上の用事ではあれ、急に呼んでも出してもらえるかどうかは伝蔵の胸ひとつであったろう。

政吉はなんでもこなして実にそつがない男である。使い勝手がいいというのは三左や右門だけでなく伝蔵にとっても同じことだ。というより、伝蔵はなんでも政吉にまる任せなのである。

〈仏〉の二つ名を持ちながら商人として伝蔵も抜け目ない。南町の大塚右門の名で断りを入れてもぎりぎりまで働かされているようである。

それにしても、早く仕事を切り上げてもらえるわけもない代わりに余計な用事をあれこれ増やされることもなかったようで、政吉は六つ半に少し遅れるだけでみよしにやってきた。

「すいやせん。ちぃとばっかり遅くなりやした」

「なに。いきなり呼び出したのはこっちだ。かまわ、ねえよっておいっ」

労《ねぎら》おうと顔を政吉に向け、三左は思わず酒を吹き出しそうになった。

「政吉さん。どうしたんです、その目は？」

「へ？」

呆《あき》れたような声はおつたのものだが、聞きたかったのは三左も同じだ。

本人に自覚はないようだが、政吉の目はいつものように兎《うさぎ》が泣き腫らしたように真っ赤だった。

三左は右門を睨んでみた。

「右門お前ぇ、あれだけ政吉を使うなって念押しといたじゃねえか」

「いや、だから使ってませんよ」

右門は強く首を振った。

「だいたい使ってたら、私がそんなに自分からちょくちょく三左さんのとこに顔出すと思いますか」

少し考える。

おつたなどは右門に意味深長な目を向け、

「私は、出すと思いますけどねえ」

などとからかい気味に言い、

「えっ。――あ、いや。参ったな」

となぜか右門は顔を下向けるが、

「……だよな。来ねえよな」

三左には納得できた。

特別な理由もなく右門が来るなど、特に右門が亡き父重兵衛《じゅうべえ》の跡を継いだ四年前からはそう多くない。

おつたと右門の遣り取りがよくわからなかったがどうでもいいから捨て置く。

とにかく今は、江戸にどれだけの砂塵が舞ってもそうはならないだろう政吉の目の話である。

まず呑み止《さ》しの杯を空け、三左は政吉に正対した。

おつたが女将として、政吉の杯に口開け一杯目の酌をしているところであった。

「おっ。こりゃどうも」

やに下がる政吉をながめる。やっぱり目が、不気味なほどに赤い。

「なあ政吉」

三左は政吉が駆け付けの三杯目を空けるのを待って切り出した。

「へい」

「お前ぇ、ここんとこ御用の筋はなにもなかったんじゃねえのかい」

「ええ。ありやせんでしたけど」

それがなにかと言いたげな顔である。

「てぇことはよ、その目はいったいなんなんだい」

「えっ」

政吉は目を瞬いて考える風情だ。赤が慌ただしく明滅するかのようで見ていて自分の目が痒くなりそうである。

「あ、また赤いですかい。そういえば伝蔵親分から店に出入りの衆まで、今日はみんなあっしと目を合わせようとしなかったっけ」

それはそうだろう。いきなり死んだ魚のような目を向けられれば誰だって顔を背ける。

「へへ、こりゃあ猫がですね」

いくぶん恥ずかしげに政吉は首筋を叩いた。

「猫？」

「ええ。近ごろ、お喜代《きよ》んとこに性悪な猫が出るようになりやしてね。夜昼なく隙を狙っちゃあ、そんなもんまで食い散らかすかいって呆れるほどどらしくて」

お喜代とは根津権現《ねづごんげん》近くで茶屋を営む政吉の恋女房の名だ。だから〈寝ず〉の政吉はみながそのつもりで呼ぶだけで、正しい二つ名は〈根津〉であり本人はそう呼ばれていると思っている。

「で、なんとかしてくれってんで夜な夜な追っかけ廻してんですが、これがなかなかにすばしっこくて」

三左は刺さるような視線を感じた。右門の、ほらと言いたげな目に行き当たることはわかっていたから無視する。

「何日目だい」

夜な夜なと言うからには昨日、一昨日に限ったことではあるまい。

「へえ。今日で四日目になりやす。なんとか、今晩辺りでけりをつけねえととは思ってやすが」

「……だろうな」

「そうなんですよ」

政吉は苦々しげに言って手酌の酒をあおった。

「奴にやられた食い物ぁ旦那、これが猫一匹とはいえねぇくらいでまったく馬鹿にできねえんで。よくおわかりですね」

「持ってかれた食い物の話じゃねえ。お前ぇの身体の話だ」

「えっ。ああ。そっちですかい」

拍子抜けするような話だが本人はいたって真剣である。

考えようによっては、誰もが重宝に使う男の手を四日も掻《か》い潜《くぐ》っているのなら、性悪と政吉がいうだけあって猫もなかなかやるものである。

「御用がなくても大変だな」

三左はおのれの徳利を政吉に向けて差し出した。

「まあ、呑めよ」

「へえ。いただきやす」

政吉と猫との、余人にはうかがい知れぬ戦いである。ほかにかける言葉とてない。

「へっへっ。そう労ってもらえるんなら言いやすが、どうせ寝ねえんなら御用の方がまだ楽ってもんで」

いい調子で政吉は言った。四日目とは三日寝ていないということだろう。それだけ寝ていなければ酒もよく回る。

右門の膝に置かれた拳が堅く握り込まれ、上下に振られるのを三左は見逃さなかった。

きっと右門は言質《げんち》を取ったと思ったに違いない。

今回のことに限らず、これから今まで以上にこき使われることになろうとは想像に難くないが、自分で口にしては三左も政吉に同情する余地はなかった。

「もう一杯、呑めよ」

「へえ。いただきやす」

してやれるのはそれくらいだ。

「では な、政吉」

右門が早速に袂に手を入れつつ身を乗り出した。

取り出したのは用意してきたらしい紙であった。

「まずはこれを見ろ」

「へえ」

杯を口にしつつ政吉がのぞき込む。紙には溺死した徒目付組頭と斬られた者達、それに笠井家の面々の名も書き込まれていた。

右門は順を追って政吉に一件の流れを説明した。

酒を手酌で舐めつつ話を聞く政吉の目が次第に細くなってゆく。

三左は眠気が襲ってきたのかと考えたがそうではなかった。

すべての話を聞き終えると、政吉は思案げな顔をして頭を掻いた。

「てぇことは右門の旦那。ここに書いてある連中の関係から、特に親しかった奴らを辿ってけばいいんじゃねえんですかい」

「それができれば苦労はせん。やっぱり寝ておったのか？」

右門は腕を組み、心外だといわんばかりに鼻を鳴らした。

「いいか、もう一度だけ言うぞ。よく聞け」

「へえ」

「役目柄この徒目付、いや徒目付に限らず目付方ってのはだな、外に向けてはどうしようもなく堅いのだ」

「へえ」

「なんなら三左さんの住む深川元町の組屋敷に行ってみろ。そうすれば私の言わんとしていることが理解できる」

「へえ」

「私には無理だった。そこに住む三左さんでさえ無理であった。それをお前は、またずいぶん簡単に言ったものだ」

「へえ」

「それともなにか？　こう聞いてなお、お前にならできるとでも言うのか」

右門がいやにしつこかった。珍しく一から十までひとりで働かされてきた分の鬱憤《うっぷん》晴らしに違いない。

その辺までにしとけと右門を止め、返す刀で頭下げちめぇと政吉を諭《さと》すかと三左は練るが、いざ口を開こうとするとそれより政吉の方が早かった。

「へえ。たぶん」

「そうだろうそうだろう。最初からそう素直にだな。――はあぁっ？」

したり顔の右門が素っ頓狂な声を出すのと、三左が呑みかけの酒を噴き出すのはほぼ同時であった。

政吉はこんどこそ本当に眠いのだろう目をこすりながら二人を見ていた。

「いえね。徒目付の組屋敷ってえか、本所深川の節季《せっき》雇いや渡りの中間《ちゅうげん》は自慢じゃねえが、ほとんどうちの山脇屋で入れてましてね。相手の顔や身分なんざわからなくとも、そいつらの話をつないでいきゃあ誰と誰がどの辺で会ってた、なら誰が臭ぇかなんてなあ、たぶんすぐでさあ」

三左も右門も声もない。思いもつかなかったことだ。

同席のおつたがやった、なら呑み食い放題の件は今日の政吉さんだけねと手を叩いて歓声を上げる。

「え、なんですね」

耳聡《みみざと》く聞き咎《とが》めて政吉が問う。

おつたは満面の笑みで事情を説明した。女将の顔、女将の笑顔である。

なるほどと頷きつつも思案げな顔をし、やがて政吉は膝を叩いた。

「でもね、女将さんにゃあ申し訳ねえが、そんな話ができてたんならかえって好都合だ。ねえ女将さん、あっしゃ何度もなんて言わねえ。一回こっきりでかまわねえんで、みんな集めて大宴会ってわけにはいかねえですか。そうすりゃあ、一気に片が付くかもしれねえ」

「あら」

落胆の表情を見せはするが、それも一瞬だけである。ぬか喜びを引きずることなく、

「わかった。いいですよ」

女将の顔のままでおつたは胸を叩いた。

「助かりやす」

ならこれは預からしてもらいやすと、右門が書いた紙を政吉は懐にしまった。

「じゃ、政吉さん。いつにします。うちの都合でいいかしら。どのくらいの人数？」

「店の都合でお任せしやす。ですが、早いに越したことはねえでしょうね。数ははっきりとはいえやせんが三十から四十。なんにしても、二階座敷をぶち抜いてもらえるとありがてえ」

「そうね。ほかのお客様の迷惑も考えると、いっそそうしちゃった方がうちも楽かも」

いつぞやは三左一人であったが、今回は右門も巻き込み二人蚊帳の外で話が進む。

勝手に呑むしかない。手酌もなんだからと男同士で差しつ差されつだ。

「わかった。ほんとに、ねえ。政吉さんは使える人だわ。どっかの二人組と違って」

おつたの言葉が針となって三左と右門に降り掛かる。

はっと居住まいを正して右門が小さくなる。ひとりでかい顔をしていると後が恐いので三左も倣《なら》う。

「ほら、三左さんが政吉を使うななんていうからですよ。結局使った方が便利だったじゃないですか」

下げた頭を横に振って右門がぐちぐち言う。

「そんなこと言ったって、お前ぇだって考えつかなかったじゃねえか。それで南町の切れ者なんざよくいうぜ」

売り言葉に買い言葉だ。三左も応戦する。

「そもそも地道な調べは私の仕事ではありません」

「なに言ってんだ。暇だからちょうどいいってお前ぇも乗り気だったじゃねえか」

互いになすりつけ合う姿におつたがやれやれと肩をすくめる。

政吉はと見れば、いつものように座ったままですでに爆睡を始めていた。

第五章　悲闘

一

それから二日後の、二十六日の晩であった。

「ええ、山脇屋の政吉さんに呼ばれた者ですが」

「へっへっ。世話かけますよ」

「おう。こりゃあ別嬪《べっぴん》の女将だ。次からぁ自腹でも使わせてもらうぜ」

政吉が声を掛けた男衆が暮れ六つの鐘を境に三々五々とみよしに集まり始めた。

その一人一人に如才《じょさい》ない笑顔を振りまきながらおつたが出迎える。

とはいえ――。

「女将。だいたいそろってやすかね」

少し遅れてやってきた政吉が暖簾《のれん》を潜る頃には、さすがのおつたも笑顔が少しばかり引きつっていた。

「まあ、請け負っちまった手前、いいんですけどね」

船宿の女将にあるまじきとは思うが溜息が洩れた。

「あれ、どうかしやしたか」

濯ぎを使いながら政吉が聞いてくる。

どうやら猫の方はどうにかなったらしい。政吉は目も声も二日前とは違ってすっきりしていた。ちゃんと寝たのだろう。

「ねえ政吉さん。あんなに来るっていってましたっけ」

「あんなにってなぁなんです」

数えてみれば、二階に上がったのはなんと六十人からの男衆であった。

「えっ。ろ、六十ですかっ！」

政吉が仰《の》け反《ぞ》って濯ぎの水をはね散らかす。

「い、いや。あっしが声を掛けたのは三十人くれえですが」

どうやら又聞きの又聞きまでがしめたとばかりに混じり込んだようだ。

「ご迷惑お掛けしやす」

濯ぎ盥《たらい》に両足を突っ込んだまま立ち上がり、政吉はおつたに頭を下げた。間抜けだ。が、間抜けも度が過ぎると笑えない。気が引けるというものである。

「あ、でも、いいんですよ。気にしないでくださいね」

おつたは慌てて手を振った。

「ほら、大塚さんが十人で六日調べ回ったと思えば都合六十人でしょ。それと同じっていうか、一度に六十人の方が仕入れも断然安くすむし。ねっ。おほほ」

あれやこれや言いつくろう。だが、政吉は聞いていないようであった。目がだんだん赤みを帯びてくる。眠気ではないだろう。

「いえいえ。ご迷惑はご迷惑」

ようはその気の表れだ。

「あっしも山脇屋の切り回しを預かる商人の端くれでやす。ご損のお心、重々わかりやす。目論見《もくろみ》と違っちゃあ商売にならねえ」

濯ぎから出した足もそのままに板間に上がってくる。

「あっ」

と言ったきりおつたは二の句が継げなかった。政吉の目が覚悟を示して見る間に据わってきたからだ。

「このままじゃあ、あっしも舐められたままになっちまう。落とし前は、きっちりつけさせて頂きやす」

商人と言う口で落とし前と言う。二足の草鞋《わらじ》の弊害である。その心構えはよくわからないが、ひとまず後退りながらおつたはこくこくと頷いた。

始め、水浸しの板間に次第に形を整え、最後ははっきりとした政吉の足跡が二階に昇ってゆく。

「えっ。あ、せ、政吉さん」

我に返ったおつたは急ぎ足で政吉の後を追った。

二階に上がり、障子を小開けにして成りゆきを見守る。

はや政吉は賑わいというか、すでに呑み始めている男衆のど真ん中であった。六十人も入ると、ぶち抜きでも二階は鮨《すし》詰《づ》めの様相を呈していた。

「おっ、政吉さんだ」

「ご到着っ」

「呼んどいて遅ぇぞ、こら」

口々に勝手なことをわめく中で、政吉が大きく息を吸った。

「やぁいっ。手前ぇらぁぁっ！」

おつたが慌てて耳を塞いだほどの大声である。さすがに口入れ屋を取り仕切るだけのことはある。手代ではあるが。

六十人からの男どもがいっせいに動きを止めた。

「俺が呼んだなぁ三十人ばかりだぞっ。なんで倍もいやがんだっ。ふざけんじゃねえぞ」

　でもよぉとどこからか声が掛かった。

「やかましいっ。冗談じゃねえ。呼ばれてねえ奴ぁ、呑んだ分手前ぇで払ってとっと
と帰りやがれっ」

　でもよおとまた声が掛かった。先とは別の辺りである。

「やい留《とめ》っ」

　政吉にはわかったようでそちら辺りに顔を向けて睨み付ける。

「手前ぇなんざ呼んでねえぞっ」

「でもよぉ。仙太《せんた》がよぉ」

「なに仙太だぁ」

　政吉が今度は真反対を睨んだ。

「仙太、手前ぇかっ」

「えっ。でも政吉さん」

　首をすくめながらも仙太と呼ばれた若い男衆が手を挙げる。

「俺が知ってる限りじゃ、うちの殿様と一番仲いいのが留んとこなんで。だもんで、
なんか聞けるんじゃねえかと思いやして」

　政吉が一瞬剣幕を納めた。すると、俺も俺んとこもとあちこちから手が挙がる。

声に押されるようにしてしばし政吉は固まった。

「……するとなにか。手前ぇら、みんなそんな感じか」

少々語気を弱めて政吉が聞く。返る答えはひとつに音をまとめた。

――へぇい。

政吉は先ほどより長く固まった。で、ちっと舌打ちした後頭を掻きながら、

「ならまあ帰れとはいわねえ。その代わり酒も肴も半分だ」

返る答えはまたひとつであった。

――えぇぇ。そんなぁ。

政吉は辺りをひと渡り見回し、またちっと舌打ちを洩らした。

「仕方ねえ。五十人分までは頼んでやる。その代わり、きっちりした話をしろよ。聞き回る俺にくだ巻くんじゃねえぞ」

――やったぁ。

荒くれどもの低い声もまとまると間延びして間抜けに聞こえた。

とりあえず喧嘩などにはならなかったようである。

おつたは静かに障子を閉めた。

「馬鹿くさ」

袂をまとめながら階段を降りる。

どさくさ紛《まぎ》れのような気もするが、なんにしても、五十人分を用意しなければならないのは紛《まご》う方なき事実のようであった。

三左が右門と連れ立ってみよしの暖簾を潜ったのは、それからさらに半刻ばかり経った頃だった。出来上がる奴は出来上がるにいい頃合いだ。

「おっ。やってるな」

階上から爆発するような呑ん兵衛どもの声を聞き、濯ぎもそこそこに二階に上がろうとする。

と、組紐を襷《たすき》掛けにしたおつたが、数えるのも面倒臭い本数の銚子を載せた盆を掲げて奥から出てくるところであった。

「あら」

階段の、はや四段目に足を掛けた三左に気づいて冷ややかな目を向ける。なぜ冷ややかなのかはわからない。

「あら。役立たずが上でなにをしようってんですかね」

「へ？」

刺々《とげとげ》しい声の理由も当然わからないから言葉に詰まる。

「ああ。まさかただ呑みただ食いに混ざろうなんて、真っ当なお侍なら考えませんよね。ねえ、大塚さん。そうですよね。三左さんはわからないけど」

「えっ。はは。心外だな。当たり前じゃないか。私は南町奉行所の同心だよ」

などと口にはするが三左に続こうとして、階段の一段目に上げ掛けていた右門の右足は浮いたままだ。

「手前ぇ、右門。なに言ってやがんだ。汚ぇぞ」

睨む三左の目を避けるように、右門は片足で器用に廻って後ろを向いた。

「とりあえず二人は」

おつたは帳場と階段の隙間に向かい、そこの板の間に盆の銚子を二本置いた。

「今日はここ」

「なんでえなんでえ。座敷ですらねえのかよ」

思わず三左が文句を言えばおつたの眉尻が即座に上がった。

「仕方ないでしょ。なんたって六十人なんですから。上だけじゃ足りなくて下の座敷も籠城《ろうじょう》するみたいに酔っ払いがうじゃうじゃ」

「へ？　六十」

六十とはまた大層だ。というかなんで六十もと聞きたかったが、その前に目を吊り上げたままおつたが三左のすぐ下まで上がってきた。

「退《ど》いて下さいな」

声には有無を言わせぬ威力があった。

「あ。おう」

当たらぬように障らぬように、三左は階段を下りて隙間に向かう。右門がちゃっかりと澄まし顔でもう銚子を取り上げていた。

「ああ。言っときますけどね」

上からおつたの声が降る。

「お二人は当然自腹ですからね」

返事を待つことなく足音は二階に上がり、喧噪《けんそう》の中に紛れていった。

「不機嫌だったな」

「ええ。相当に」

「数か」

「でしょうね」

「なんで六十人も来やがったんだ」

「私に聞いたって知りませんよ。でもまあ、政吉が必要と判断したから呼んだんでしょうね」

「そりゃそうだろうが。なんか、とばっちり臭ぇな」

「臭ぇじゃなくてそのものずばりのとばっちりでしょうね。大人しくしていた方が身のためでしょう」

「わかるがそれにしたってよ」

三左は銚子を取り上げて左右に振った。

「せめて杯か湯飲みぐれえ置いていきやがれってんだ。これじゃ手酌もできやしねえじゃねえか」

「まあまあ、三左さん。ぶちぶち言っても酒が不味くなるだけですよ。それにここはここで風通しがよくていいじゃないですか」

「……なんてぇか、お前ぇは物わかりがいいな」

「ははっ。そうでもないですけど。でもまあ、事なかれにして長い物には巻かれて聞き耳立てて見て見ぬ振りをして、でそれを混ぜて四つに分けたのを併せ飲むくらいでないと奉行所勤めはできません」

きっぱり言って右門は美味そうに銚子の酒を呑んだ。

「……同心も大変ってことか」

三左も呑む。たしかにどこで呑もうと酒は酒だった。

とそのとき――。

「わはは。いや愉快愉快愉快」

と聞き慣れた声が階上から降る。障子が開けられたようで全体どんちゃん騒ぎの雑多な音が降るが、中でも分けてよく通る声であった。

　当然である。鍛え上げられた声なのだ。

　三左は思わず噴き出しそうになる酒を強引に呑み落とした。

「おや」

　その間に右門も聞き咎めた。右門にもわかったようである。

「な、なんだ。うちの爺さんも来てやがるのか」

「そのようですね」

「ええ。いらっしゃってますよ。ご隠居だけでなく嘉平さんも」

　階段を下り来る足音とともにおつたの声がした。盆の上の銚子は数こそ行きと大差ないが軽そうだ。

「なんで爺さんが」

「昨日お二人でふらりとお見えになられたんで、私がお誘いしました。そうしたら面白そうだとおっしゃられて」

「なんだよ。上の件に関しちゃあの二人だって役立たずじゃねえか」

　ごねていると自覚しながら止まらない。呑み食いのひがみは恐ろしいのだ。

「でもお誘いしたのは私の方だから」

「関係ねえ」

「一人二人増えたところで変わらないし」

「なら俺らだって一人二人だ」

三左は尻を浮かし掛ける。

「あら、こっちの二人とは違いますよ。なんたって過分なご祝儀も頂きましたから」

浮かし掛けて三左の動きが止まった。止まった尻は――、

「まあ、なんだ。ははっ」

言葉にごまかして元の座に落とすしかなかった。

「おう、おつた。あと二本ずつ持ってきてくれ。見繕いの肴もな」

なにごともなかったかのように銚子に口を付ける。

溜息の内にはいはいと受けて、おつたは奥へと入っていった。

気づけば、右門が面白そうに三左を見ていた。

「なんだ」

「いや。三左さんらしいと思って。上の賑やかさも聞くだに楽しそうですが、三左さんも負けないくらいに、何度一緒にいても見飽きないですよ」

決して褒めているわけではないことくらいわかる。子供でもわかる。

「へ。おいとけ」

三左は銚子の酒を一気に呷《あお》った。

二

その後一刻はたっぷりと騒ぎに騒いで、ようやく二階の大宴会はお開きとなった。

三々五々と六十人からの男衆が引き上げると、まるでそれまでの賑わいが嘘のようにみよしの中は静まりかえった。板場の片付け物の音が妙に寂しく響く。祭りの後の静けさに似ていた。

「おう。どうだったい」

男衆に少し遅れて最後に、次郎右衛門と嘉平と一緒になって下りてきた政吉に三左は声を掛けた。過分な祝儀を出したとはわかっているが、微妙に悔しいので次郎右衛門と嘉平は無視する。

「へえ。わかりやしたよ」

大宴会の席でもきちんと働いていたようだ。目は多少赤かったが声もしっかりしていて意外に素面《しらふ》である。

「てぇか、わからねえと女将に申し訳なさ過ぎです。金輪際《こんりんざい》こちらに足を向けて寝られねえことになりやすからね」

「なんじゃ。今までは向けて寝ておったか」

いい調子の次郎右衛門である。これは三左だけでなく政吉も無視した。

「で、なにがわかった」

「へえ。もう少し込み入ったややこしい関係でもあるかと思ってやしたが、これがあっさりでした。もっとも、思ってもいねえ数が集まった成果でして。怪我の功名ってやつですかね」

「なんじゃ。今宵の宴会はおつたの怪我か」

これも無視する。

政吉はおもむろに懐から、例の右門が書いた紙を取り出し説明を始めた。

「ただわからねえのは、この角田仙一ってお人がどうして斬られたかってことでしてね。聞けば聞くほど、笠井さんや佐々木さんにずんと近《ちけ》ぇんで」

「どういうことだ」

おそらくですね、と政吉は前置きした。

「笠井さんや佐々木さんの手として働いてたお人じゃねえかと。言えば、右門の旦那の下のあっしらみてえな」

「ほう」

「それがわからねえんでさ。斬ったのが本当にその、笠井源吾って人だとするならですがね」

「なるほど。そいつぁ」

三左は天井を見上げて難しい顔をした。

暫時思案し、顔を政吉に向ける。

「さっぱりわからねえな」

政吉が吐息とともに脱力した。

「案外、間違えただけかもしれんぞ。斬ったのが笠井源吾だとすればな」

突如として素面に近い次郎右衛門の声であった。

見れば茶を手にしていた。背後に控える嘉平がいつの間にか板場からもらってきたようだ。嘉平の前には盆があった。

それにしても茶の一杯で常態に復するとは、やはり次郎右衛門は恐ろしい爺さんである。

「え、ご隠居様。そんなことがありますんで？」

「ある。というか、あった。儂は昔、聞いただけじゃが」

次郎右衛門は茶を含んだ。なぜか苦そうに見えた。

「細かい話は措くが、とある藩の剣術指南に竜虎がいた。ある日虎が殺された。竜は密かに調べた。その動きを虎の父に疑われた。竜と呼ばれた腕も災いした。で、竜は虎の父に襲われた。虎の父も虎であったらしい。こちらは返り討ちという結果になってしまったが、虎の父を子に置き換えれば、あるいはそんなこともあろう」

そんな、とは三左も政吉も雑に捨てられないほどに次郎右衛門の話しぶりは訥々として響いた。遠くを見つめるような目にも哀切が漂う。

そこで次郎右衛門の話は切れた。

「そうかい。ま、なんかの拍子か誰かと間違えただけかは本人に聞かねえとわからねえがな」

つなぐのは孫の、三左の役目であったろう。

「それでもわかることはあるさ」

「なんですね、三左の旦那」

「斬ったのが、源吾ならよ」

三左はあてがいの銚子を取り上げた。ちっと舌を鳴らして戻す。空だった。

「止まらねえだろうってことよ。もうきっとな、自分じゃあ行き着くとこまでいかねえと止まらねえ」

「てことは」

「道をふさぐ者には刃を向けようぜ。鬼に逢《あ》っては鬼を斬る。仏に逢っては仏を斬る。善悪も正邪も関係ねえ」

「……ですか」

「なんにしても、笠井の爺さんには悲しいよな」

　祖父と孫、その斬り合いの心情はいかばかり。

「止めねえとな。せめて爺さんと孫の斬り合いはよ」

「へい」

　神妙な面持ちで政吉が首肯《しゅこう》した。

「で、おい政吉」

　まだ呑み続けていた右門が身体を揺らしながら割って入る。

「それはそれとして、肝心の黒幕についてはどうであった」

「あ、いけねえ。そいつでした」

　額を叩き、政吉は一同を見回したあとに身を乗り出した。

「まだですぜ。まだはっきりとはしやせんが、みんなの話をつなぎ合わせると出てくる名前ぇは一人でしてね」

　目付工藤大膳、と政吉はいちおう人の目他人の耳を気にして声をひそめる。

「ちなみに、残念ながら今日の宴会には洩れてやしたが、実際にはあっしんとこの山脇屋から何人か入れてやす」

　明日にも調べときやしょうと政吉は続けた。

「ほう、目付の工藤な」

次郎右衛門が顎をなでさすりながら冷笑を浮かべた。

「爺さん。知ってるのか」

三左は話を次郎右衛門に向けた。

なんといっても時の老中から市井《しせい》の浪人町人まで、呆れるほどに顔の広い爺さんである。こういうときには頼りになる。

「おう。知っとると大見得を切れるほどではないがな。昔、稽古の際に甚十郎が申しておったのを思い出した。儂らより十も若いくせに気位ばかり高く、才気に走った目をした嫌な奴とな。儂はほれ」

次郎右衛門はにんまりと笑った。

「そういう男は大嫌いだから大好きでな」

「なんですか、それは。ややこしいですね」

右門は首を傾げるが三左にはわかる。次郎右衛門とは長い付き合いなのだ。思えば次郎右衛門と政吉の主〈仏〉の伝蔵などは似たような話から始まった付き合いである。羽振りよく肩で風切って歩いていた若い時分の伝蔵が次郎右衛門に喧嘩をふっかけ、こてんぱんに伸《の》されてからの関係なのである。以来伝蔵は次郎右衛門に頭が上がらないという。聞けば腐れ縁と伝蔵はぼやく。

「で、機会があれば叩きのめしてやろうかとな、登城下城の隙を窺うたことが二度ばかりある」

つまりはそういうことである。

「甚十郎が申すように気位がよほど高いようでな。分不相応というか、当節の侍らしからぬ正しき数の供揃いをごちゃごちゃと連れておった。かえって通り掛かる方が気恥ずかしくなるほどでな。厚顔もいいところじゃ」

寛永軍役令によれば戦国の旗本の供揃いは総勢二十一人であり、この軍役令は天明の今も文言としては生きている。正しき数ということはそれだけを連れ歩いていたということだ。なるほど長い、というか確かに恥ずかしい。

「で、どうなりやした」

政吉も興味津々に聞く。

さして面白い結末はないぞと、次郎右衛門は茶を喫しながら前置きした。

「止めた。なにも手出しせなんだ」

「えっ。あのご隠居が止めたんでやすか」

「本人を前にして、あのとはどのあのかはしらんが」

次郎右衛門はじろりと政吉を睨んだ。

「恐れをなしたわけではないぞ」

「え、いえ。へへ」

次郎右衛門に睨まれてはたいがいの者は縮こまるしかない。

「ひと行列潰してはさすがに騒ぎになろうからの。あとがどう考えても面倒臭いから止めた。その後の工藤はしらん。興味もなかったからの」

次郎右衛門はぷいと横を向いた。話は終わりのようである。

「さて、ここからは私の番ですかね」

さっきよりさらに揺れながら右門が話を引き取った。

「なら政吉」

「へいわかってやす。このまま工藤大膳の屋敷回りに向かいやす。運がよけりゃあ、今夜のうちにも中間らからくわしい話が聞けるかもしれやせん。悪くとも明日の昼までにはなんとか」

中間繋がりに工藤を導き出したのは政吉の機転だが、実はここからこそが〈寝ずの政吉の本領発揮だろう。

「うむ。頼む」

と、右門は心ここにあらずといった様子で揺れながら言った。

政吉との対比で見れば、探索を指示するために話を引き取ったというより、単に呑み過ぎて眠かっただけかも知れない。早く帰りたいのだろう。そう思うと、これから寝ずに働く気の政吉が微妙に哀れだ。

「政吉。無理はすんなよ。危ねえと思ったらすぐ逃げろ。なんかあったら俺を呼べ」

三左はせめてもの声を掛けた。

「へい。ありがとさんです」

政吉が頭を下げると、なんであれば儂でもよいぞと次郎右衛門から声が掛かった。

「えっ。ご隠居さんをでやすか」

「爺さんをか」

政吉と三左の驚きはほぼ同時であった。拝み倒して手伝ってもらったことは何度かあるが、損得がからまぬ場に自ら首を突っ込んで来ることはない。

「甚十郎が絡んどるでな」

やけにしんみりとしながら次郎右衛門が言った。背後で嘉平もうんうんと頷く。

「そうか。情かい」

三左は政吉と顔を見合わせ納得の面持《おもも》ちで微笑んだ。

さもあろう。人は情で動くのだ。

「へっへっ。安心したよ。爺さん達もやっぱり人だったんだな」

「なにを申す。当たり前じゃろうが。人を化け物扱いしおって」

次郎右衛門はようやく片付け物を終え、姿を現したおつたにもう一杯の茶を頼んだ。

「なんと申しても甚十郎は、道場は違えど互いに切磋琢磨した若い時分の友だ。じゃからな」

じゃから、次の賭場の後ならただで手伝《てつど》うてやろうと次郎右衛門は続けた。後ろで嘉平も当たり前のようにうんうんと頷く。

「……はあ？」

頓狂な声を三左はあげた。政吉は肩すかしに絶句したようで声もない。右門などはそんなことだろうと思いましたよと呟きながら、はや帰り支度だ。

「……爺さんよ。てえとなにか。明日なんかあったら、金がかかると」

「当然じゃ。賭場に支障を来《きた》すかもしれんのだぞ。なら、その分はもらわんと合わんではないか」

さも当たり前のように次郎右衛門は言い切り、おつたが運んできた茶を美味そうに飲んだ。

「前言撤回。人だと思った俺が馬鹿だった」

三左はやおら立ち上がり、土間に下りた。

「爺さんらはやっぱり、化け物中の化け物だよ。敵《かな》わねえぜ」

政吉を促し右門に続いて外に出る。

夜空に、澄んだ星の瞬きが綺麗であった。

三

翌日の昼下がりにはさっそく、〈寝ず〉に働く政吉の言伝《ことづて》を携えた初老の男が、深川元町の三左の屋敷にやってきた。

名前は忘れたままになっているが、神田岩本町《いわもとちょう》に住む右門の手先としては古参の一人だった。しばらく腰を痛めていたとかでこのところ姿を見ていなかった。

それにしても本人ではなく手先が回ってきたということは、右門もそれなりには気を入れるつもりになったようである。聞けば密かに工藤大膳の様子は、昼間の仕事に戻った政吉に代えて別の小者が入れ替わり立ち替わりに二六時中見張る手筈《てはず》になっているらしい。

「なるほどな。で、爺さんが来たと。ご苦労さんな。腰の具合はもういいのかい」

「へい。おかげさんで」

と笑って腰を屈《かが》め、いててと顔を歪ませながら伸ばす。

「倅《せがれ》の嫁の遠縁に手広くやってる薬屋がありましてね。いい膏薬《こうやく》を入れてもらいやして、ほれ、このとおりでさ」

爺さんが笑顔で身体を振り、またいててと顔を歪めた。

「そうかい。そりゃあよかった。まあ腰のことはいいや。で、政吉はなんだって」

長話は酷のようだと見切って三左は本題に入った。

「へえ。おそらく真っ黒ですぜと言ってやした」

聞けば、山脇屋から工藤の屋敷に出している中間は三人ほどいたらしい。その者達を呼び出しての話を突き合わせれば、一人はどこぞの旗本が金を渡している場面に出会したことがあると言い、一人は城下がりのとき、走り寄ってきた侍がなにぶん例の件、よしなにと頭を下げ、それにはおわかりでござろうな、相わかり申したなどの会話があったと言い、残る一人などは殺された徒目付の杉浦の屋敷になんだか知らない金を届けたことがあると言う。この件に関しても政吉は杉浦のところの節季雇いから裏は取ったようだ。

相変わらず、政吉のやることに遺漏《いろう》はない。

「決まりだな」

三左は軽く首を回した。決まりなら決まりで忙しくなる。

「御苦労だが、政吉と右門に伝えてくれ。今夜から俺も出るってよ」

「へい」

頭を下げ、またいててと腰をさする男を労いつつ三左は辻まで見送った。

同じ頃、御城を見上げる甚十郎の姿が堀端に見られた。暗い目で千代田城をじっと見据える。

目付工藤大膳を付かず離れず見張って、三日目になる甚十郎であった。

が、まだ源吾の姿はおろか一瞬の気配すら感じられなかった。代わりに先夜から町方の手の者らしき連中が何人か、甚十郎と工藤の間に姿を見せるようになった。三左と大塚右門とかいう南町の同心も、工藤大膳に行き着いたらしいことが見て取れた。

前夜、まず一人目の小者が工藤大膳の屋敷回りに現れたときは甚十郎も思わず唸った。さすがに江戸の町方である。どんな手妻《てづま》を使ったかしれぬが、よくも手掛かりなしでこれほど早く工藤大膳に行き着いたものだ。

「源吾よ。儂にもおぬしにも、残された時は少ない」

焦りというか、口にはせぬが徒労の感が甚十郎の胸中には強かった。

工藤はそもそも才知に長《た》けた男である。張り付いた当初、屋敷を出る工藤をちらりと見掛けただけだが、昔より目つきは鋭く、顔全体には怜悧《れいり》冷徹の相がありありと浮かんでいた。

この三日間、工藤はぞろぞろとした供揃いに守られて御城と赤坂御門内の屋敷を、どこにより道をするわけでもなく行き来するだけであった。

しかも、おそらく狡猾才知の工藤はすでに己に向けられる刃のあることを察しているに違いなかった。ほかの城勤めの武士らの登下城からは感じられない緊張感が、供揃いからはっきりと滲み出していた。

であればおそらく、源吾は姿を現さないとは甚十郎にもわかっていた。甚十郎でもそうする。

御城に近すぎるほど近い武家地では、たしかに時と地の利が襲う側にはまったくないのだ。

それでも甚十郎は工藤大膳を見張るしかなかった。どこに潜みおるか知れぬ源吾と甚十郎の接点は、工藤の登下城の道すがらにしか残されていなかった。

「源吾。どこにおる」

つぶやいて立ち上がろうとし、甚十郎は目眩《めまい》を覚えてとっさに刀を杖《つえ》とした。胸内から迫り上がってくるものもあった。

江戸に出て来たばかりの頃より当然のごとく体に怠さはきつかった。今ではさらに熱まで帯び始めているようである。それも見過ごせるようなものではなく、怠さを助長するような高い熱だ。

甚十郎はひとまず堀端を離れ、大通りを避けて路地に入った。工藤が城に上がってしまえば、下城まですべきことは特にないのだ。

三日前、甚十郎は命をつなぐための休息を取るに、おあつらえ向きの破《やぶ》れ屋《や》を路地の先に見つけていた。

その破れ屋に入るなり、吐いた。綺麗な大量の血であった。

「源吾。ど、どこじゃ」

起き上がろうにも、四肢のどこにも力は入らなかった。

もがき苦しみ、やがて奈落の底に落ちるように、甚十郎の意識は混濁した。

四

事態が結末に向けて大きく動いたのは、大宴会から二日後の夜であった。

下弦《かげん》の月の出はまだない、濃い闇の夜である。

この夜遅くになって、深川の料亭『菊安《きくやす》』から発せられる駕籠《かご》があった。

「出やすぜ。旦那方」

東方の辻から一度顔を出し、興奮気味に政吉が振り返った。

「政吉、寝てねえのはわかるが、ちったぁ落ち着け。俺だって寝てねえぞ」

なだめつつも三左は仏頂面であった。

「私も三左さんに引っ張り出されて寝ていない」

隣りに立つ右門も同じような顔である。

「それにしてもよお」

三左は仏頂面そのままに背後を見た。そこには三左に負けず劣らぬ仏頂面の次郎右衛門と嘉平が立っていた。

「こっちぁあれから、ずうっとつまんねえ見張りだったってのによ。あの野郎、よりにもよって、今日になっていきなり深川なんぞに繰り出しやがって」

「ほざくな。考えようによってはな、それがおぬしの運、儂の不運よ。昨日までのうちに片がついておれば、わざわざ儂も嘉平もこんな夜更けに引っ張り出されずともすんだものを」

内藤家恒例の賭場は前夜、滞《とどこお》りなく開帳された。

三左と右門が仏頂面なのは前日から今まで、右門の手先や政吉とともに昼夜を問わず工藤や工藤の屋敷に張り付いて寝ていないからであり、次郎右衛門らのそれは前夜の賭場が大した利を生まなかったからである。

そんな次郎右衛門らを大塚右門は、工藤に動きがあると知るやすぐさま小者を走らせて呼び出した。賭場の後ならただだという言質があるのだ。こういう場合右門なら猫でも虎でも、化け物でも使う。

三左と右門の仏頂面は、散々だった賭場と本当に呼び出されたことへの愚痴を、来るなりずっと次郎右衛門に聞かされていたせいも多分にあった。

「旦那。そろそろ出ねえと」

「おう」

政吉に促され、三左は辻から通りに歩を進めた。

菊安前から十間ばかりの先で揺れるのは、まさにその工藤大膳の駕籠であった。

油断ではなかろうが緩みは出始めたのだろう。杉浦一之進が斬られてからすでに六日が過ぎていた。

が、それでも総勢二十一名の供揃いはごちゃごちゃとしてうるさく、かつ明らかな侍は六人ほどだが、挟み箱持ちや小荷駄《こにだ》の男らも目つきが悪く鋭く、どうみてもただの荷物持ちには見えなかった。腕の立つ浪人らを掻き集めた用心棒のたぐいだろう。

狡猾《こうかつ》才知の工藤は、出るに当たって身の回りを万全に固めたようである。

三左らはゆるゆると帰路についた一行を夜陰《やいん》に紛れて追った。先頭に右門と政吉が並んで立ち、三左を挟んで最後尾から次郎右衛門、嘉平の順である。

「それにしても旦那方。相変わらず悪ぃ奴ってのは、どうしてこう酒色に貪欲なんですかねえ。こんなときぐれえ、ことが収まるまで大人しくしてりゃあいいのに」

政吉がつぶやく。

「政吉、逆じゃねえか」

答えたのは三左である。

「なにごとにもよ、我慢が利かねえくれえ貪欲だから悪ぃことを考えるんだろうぜ。軽輩でも貧乏でもよ、胸を張って生きる奴ぁ、誰を泣かせることもねえ。誰を苦しませることもねえんだ」

「違ぇねえや。特に、その身で示してる旦那の言葉は重みがあらぁ」

「ちっ。政吉、ひと言余計だぜ」

この後は言葉とて少なく、三左らは周りに注意を払いながら一行を追った。

笠井源吾が来るか来ないか。五分五分以上に工藤一行を追う五人には予見があった。

星々だけが天を覆うように瞬き、風のない晩である。

修羅が獲物を狙うには、またとない絶好の晩であった。

ゆるゆると一行が向かったのは新大橋であった。上流の中洲、歓楽地として両国広小路さえ凌《しの》ぐといわれる三叉《みつまた》には、煌々《こうこう》とした町の灯《ひ》が明るかった。橋上まで届き、欄干《らんかん》の陰を薄く形作るほどである。

三左らは橋の東詰めで左右に分かれ、袂の柳に隠れて一行をうかがった。

少なくとも、工藤らが西詰めに下りて行く方を定めてからでなければ橋に足を掛けられなかった。橋上は音もすれば隠れ場所もなく目立ちすぎるからだ。

三左が右手の柳の裏に立ち、膝をついた右門と上下になって顔をのぞかせた。

「けっ。まだ寄り道しようって気かも知れねえな」

三左がつぶやけば下から、羨ましいと恨みがましい右門の声がした。

「阿呆」

三左は右門の頭をひとつ叩いた。

と――。

やがて新大橋を渡り切ろうとしたところで一行に動きが見られた。

駕籠を挟んで後詰めであった何人かが前に走る。

「なんでえ」

闇に目を凝らせば、西詰めを塞ぐようにして立つ孤影に行く手をさえぎられているようであった。

「いけねえ。向こうからきやがった」

いうが早いか、三左は柳の裏から飛び出した。もう音がしようが姿を見られようが関係なかった。

左手の柳から次郎右衛門と嘉平がほとんど同時に飛び出す。それぞれの柳から政吉と右門はやや遅れた。

迂闊《うかつ》、と三左は内心でおのれをなじった。

狙いを一方に絞るなら橋場が格好の場所とは、さまで考えずとも明らかなことだった。

新大橋の長さは京間の百間であるが、

「間に合えっ」

三左は夜に叫んだ。

たかだか橋一本の距離が、このときばかりはどうにももどかしかった。


——おのれ、何者っ。

まだ五十間の向こうから柄袋《つかぶくろ》を飛ばす供侍の牽制が聞こえた。

と同時に、前方を注視してまだ背後の三左らに気づかない一行が駕籠ごと後ろに下がってきた。

「おっ。しめた」

三左は思わず口にした。駕籠までの距離がそれで一気に縮まったからである。

——笠井信太郎が一子源吾。目付、工藤大膳の命を所望。

低く抑えてしかし、怒気も殺気も濃く漂う声は走る三左の耳にまで届いた。

やはり男は、笠井源吾であった。

おのれを取り囲む供侍の中でも源吾は悠然としていた。

やおら刀を抜き、右手一本で静かに剣尖を地に垂らす。

「——なんでえ、野郎は」

三左は知らず目を細めた。

声の伸びといい剣を抜いての立ち姿といい、笠井源吾という男の並みならぬことを一瞥で看破したからである。

近くを走る次郎右衛門からも、むうぅと普段聞いたことがないほどの深い感嘆があった。

この間にも三左らから駕籠までは後三十間に縮まっていた。

ここでようやく後詰めの侍らが三左たちに気づいたようで、狼狽《うろた》え気味に柄袋に手を掛ける。

駕籠はと見れば、中から主が姿を現すところであった。星々の瞬きと三叉の灯火だけでも、すでに三左の目に容貌ははっきりと捉えられた。

工藤大膳はなるほど恰幅《かつぷく》も押し出しもよいが、人をあからさまに見下すような目つきの男であった。

「身の程知らずの御家人崩れじゃ。構うな。斬れ」

西詰めの源吾に向ける声も、無情にしてどこまでも冷淡である。

「おう」

主の意を受け囲みの侍らが抜刀し、鈍い光をいっせいに撥《は》ねた。

源吾が薄笑いを浮かべ、左右から両手を大きく天に差し回した。右手の剣がひと振りにして、林立するどの刃よりも雄々しかった。

「せやぁっ」

一人が源吾に突っ掛けた。

上天の剣をいつ振り出したとも知れず源吾は相手を一蹴《いっしゅう》した。

「げぇえっ」

脳天を幹竹《からたけ》に割られ、断末魔の悲鳴とともに男は大地に頽《くずお》れた。

「馬鹿がっ」

三左は吐き捨てた。どう見ても腕の差は歴然であった。

すぐにも向かいたかった。源吾と警固衆の間に割って入りたかった。

工藤一派のためにではない。

笠井源吾という男を修羅道から解き放つために。

そうして、笠井甚十郎という爺さんの悲しみを一刻も早く終わらせるために。

が、しかし——。

「なんでぇ」

三左は一度立ち止まるしかなかった。

一行の後詰めが三左らの方にわらわらと走り来たからである。

橋を塞ぐようにして並び立つ。どうにも邪魔であった。

「なあ、ちいっとばかり退《ど》いちゃあくれねえか。俺もあっちに行きてぇんだが」

逸る気持ちを抑えできるだけやんわりと言ってみるが、後詰めの侍らからの答えはなかった。

お付きの者がなにやらを耳打ちし、ここで初めて工藤の目が三左らの方を向いた。

「なるほど。彼《か》の者らがちょろちょろとうるさいご老中の密偵か。ちょうどよい。すべて終わる。こちらも斬り捨てよ」

工藤の東方に三左達を見据える目や声は、先に源吾に向けたものとまったく変わらなかった。

「けっ。そうくるかい」

三左の心が否応なしに燃え上がった。

「おい、斬れって言ったたな。聞いたかい右門。なあ爺さん」

工藤を睨みつつ三左は背後に声を掛けた。

「はい。たしかに」

「おう。聞いたぞ聞いたぞ。ご老中とわかって斬れとな」

右門の声は真剣であり、次郎右衛門のは楽しげである。

一瞬工藤が怯《ひる》んだように見えた。

「ならよ、もう目付だろうとなんだろうと遠慮はしねえ」

大きく息を吸い、三左は目に炎と燃える剣気を宿した。

「いいか手前ぇら、よぉく聞きやがれっ」

それだけで怯み、あるいは後退る者もいた。現《うつつ》の光と感じてかわずかに目を細める者もいた。

邪《よこしま》な者ほどそうであったろう。三左の剣気は優しく頬を撫でる月明かりではない。心の奥底の陰まで射透《いとお》す日輪の光だ。

「直参旗本、内藤三左衛門っ」

手に唾を吐き足場を極める。全身から噴き出す剣気はもはや火焔《かえん》であった。

「親兄弟、妻子がある奴ぁ退いときな。こっから先ぁっ」

「おのれっ！」

待ちきれず呼び出されるように飛び込んでくる者があった。上段から振り来る刃があってしかし三左は揺るがない。

「地獄だぜぇっ！」

咆哮《ほうこう》一閃、三左の腰間からほとばしり出た光が胴を抜く。

声もなく、一拍遅れの血飛沫とともに倒れ伏す男の前に三左は出た。そのまま立ち止まることなく警固衆の中に走り込む。

「おらぁ」

「せいぃっ！」

男どもが一斉に白刃を閃かせて寄り来る。

しかし、餓狼《がろう》の牙の中に飛び込んだ三左の足は止まらなかった。

「爺さんっ。嘉平っ。ここは任せた！」

「おうさ！」

「心得ました」

三左のすぐ後ろには次郎右衛門と嘉平がついていた。

襲い来る斬撃のぎりぎりを擦り抜ける。男らには三左がどう動いたのかすらわからなかったろう。それほどの駿足であり瞬転であった。

「やるねえ。旦那っ」

場違いな喝采は一番後ろからの政吉のものだ。

三左は最後の一人の刃をいなし前に出た。

背後を振り返る気はまるでなかった。敵がどれほど近くにいようと、次郎右衛門がおうと答えた以上、背に不安も危惧も三左は感じなかった。

西詰めに遅れて始まった立ち合いの差は、信をもってこれで帳消しであった。

工藤越しに源吾はと見れば、早くも十人からの供揃えの最後を斬り伏せるところであった。凄まじいほどの腕である。まさに修羅だ。

双方から工藤までは、ほぼ等距離の十間であった。

「野郎っ」

走り出しは三左の方が源吾よりわずかに早かった。

「なんっ。おっ」

迫る三左を見て及び腰の工藤が欄干際に退いた。

「手前ぇは後回しだ。右門、踏《ふ》ん縛《じば》っとけっ！」

離れたところからわかりましたと右門の声がした。

欄干に足を掛けつつ飛び、その途中で工藤を蹴り飛ばす。

着したところでしかし、すぐに三左は体勢を整えることはできなかった。

軽やかにして必殺の唸りが、すでに肌が粟立《あわだ》つほど近くに迫っていた。

「ちぃっ」

左手上方とだけ当たりをつけ、咄嗟《とっさ》に右手で突き上げた刀の峰に左腕を添える。

角度がわずかにも違っていれば一巻の終わりだが迷いはなかった。

——ギンッ。

間一髪の衝撃は左腕を直撃した。敵ながら惚れ惚れするような斬撃であった。骨にひびくらいは入ったかも知れない。

それでも——。

「止めん、だよっ！」

奥歯を噛んで左拳を強く握り、三左は渾身《こんしん》の力で源吾の太刀を押し返して立った。

おそらく膂力《りょりょく》は五分であったが、西詰めに向かって下るわずかな橋勾配が三左には利であったろう。

立ってそのまま身体を預けるようにして押しに押す。

とにも工藤の駕籠から源吾を遠ざけねばならなかった。

すでに三左は小鬢《こびん》から流れる汗を止め得なかったが、源吾も近くで見れば呼吸がわずかに荒かった。

三左との押し合いだけでなく、十人からと一人で対峙した消耗も源吾にはあったに違いない。

死生の間でさきほど三左が死撃を防ぎ得た、それも理由のひとつであったろうか。

西詰めまで源吾を押せば、わずかに半身になった三左の視界の端に右門が工藤を東方に遠ざけるのが映った。

これで心置きなくと三左が思った瞬間、気のかすかな揺れを捉えて源吾がいきなり刃を外し、鮮やかな転身から逆袈裟懸けに降る稲妻の一閃を走らせた。

とっさに三左も身を仰け反らせて滑るように退くが、胸にはむず痒いような感覚が残った。

三間を離れて立つ。

見れば三左の胸は、迷いのない斜線に浅く斬り裂かれ血がにじんでいた。

驚くほどによく伸びる一閃であった。

源吾はやはり、恐るべき遣い手に間違いなかった。

「明屋敷番。邪魔をするな」

はや呼吸の乱れもなく源吾は言い放った。隠し立てもなく放射される殺気が、まるで木枯らしのように三左には感じられた。

「そうはいかねえっ」

真っ向から受けて三左は吼えた。凍えるような冷たさは消えたが、気の凪は消えなかった。

「父の仇討ちなのだ」

「ふざけるな。こんな手前ぇ勝手のどこが仇討ちだ」

「手前勝手だと」

「おうさ」

三左は痛めた左手を伸ばして指を突きつけた。

「母上が泣く。甚十郎の爺さんだって悲しむ。いいやその前に、手前ぇはなんの罪もねえ男を斬った」

このときばかりは、源吾から吹く殺気の風がわずかに揺れた。

「やっぱりな。わかってんじゃねえか。その手で仇討ちだと。へっへっ。笑わせるんじゃねえや」

三左は莞爾として笑い、おのれの刃を右肩に担いだ。

「どうしても仇討ちしてぇってんなら、まず生きてる者に詫びてこい。罪なく死なせちまった徒目付のよ、家族の前に頭ぁ下げてから来いっ」

「……どうあっても退かぬつもりか」

源吾から吹き付ける殺気がまた木枯らしになった。

「退かねえ。この件にゃあ退いて終わる悲しみはねえ。退いて始まる喜びもねえっ」

三左の剣気も情を力に爆発する。

源吾がわずかに目を細める。

「面白い。ならば止めてみよ！」

源吾がおのれの殺気の風に乗るようにして前に出た。

「おう。止めてやらあ！」

三左も受け、肩に乗せた剣の柄尻に左手を挙げた。

脳天に突き抜けるような痛みがあったがかまわない。いや、その痛みすら力に変えて左手を動かす。

源吾の寄りは早かった。無拍子の剣がいきなり左方から風を巻いて三左を襲う。

わかってはいたが剣尖の伸びが並みとの比ではなかった。

「せっ」

三左は右肩から回した剣の柄中で受けた。

柄に嚙み込んだ刃を逃すことなく下方に引きずり落として弾《はじ》き、そこから腕を返して飛燕《ひえん》の返しを天空に差し上げる。

源吾が半身にかわそうとするが三左の剣も並みではない。肌身には届かなかったが着物の身頃を裂く。

「やるなっ。明屋敷番！」

冴えた光を瞳に宿し、半身からそのまま振り出す源吾の剣は瞳の光をそのまま移したような輝きであった。

しかし――。

三左の剣も固唾《かたず》を吞んで見守る次郎右衛門らの思いさえ乗せた輝きである。

輝きと輝きは激突し、互いに弾かれては寄り合う咬合《こうごう》を数度繰り返して火花を散らした。

互いに半端な見切りが通用する相手ではなかった。

新大橋の西詰めに刃嚙み音は高く騒がしく、生と死の境を告げる鐘の音のようであった。

やがて、知らずどちらからともなく飛び離れて距離ができる。

二間半は一触即発にしてどちらにも必殺の間合いであったろう。

源吾がうっそりと右八双《はっそう》に位取り、三左は腰とともに沈めた剣尖を斜《しゃ》に引いて背に回した。

潮合は満ちていた。

次の一合が最後とは誰の目にも明らかであった。

「せあ！」

「おう！」

どちらがどちらの気合いであったかはわからない。

ただふた色の風が錯綜し、離れ、その間にふた振りの刃が同時に軽やかな唸りを上げたと知れるばかりである。

位置を入れ替えてほぼ同時に振り返り、互いに剣を下段に落としたまま固着する。

一陣の風が起こり、両者の裾をかすかに揺らす。

先に剣尖を地に着いたのは三左であった。

「さ、三左さん」

「旦那！」

右門と政吉が駆け寄ろうとする。三左は答えず、身じろぎもしなかった。

「明屋敷番」

代わりに声を発したのは源吾であった。黒々とした声である。

「――見事、だ」

星影にかすかな笑みを見せ、そのまま源吾は朽《く》ち木《き》倒しに倒れた。

倒れてそのまままもう動かなかった。

死闘にわずかの差で勝ちを得たのは、どうやら三左のようであった。

が、源吾に遅れることわずかで三左も地に膝をついた。

「えっ。だ、旦那」

政吉の声を聞きながら、急激な脱力をこらえきれず三左は仰向けに倒れた。

しかし、身体は地に激突することなく柔らかに抱きとめられる。

三左を抱きとめたのは嘉平の腕であった。

「へっ。お、終わらせたぜ」

嘉平はなにもいわず頷いた。

「たわけ。この未熟者めがっ」

上からのぞき込んで次郎右衛門が吐き捨てる。

交錯の瞬間、三左の剣は手応え十分に源吾の心の臓の辺りから顎下に走ったが、同時に源吾の剣も三左の左腕を削りながら脇腹を裂いて抜けたのであった。

生死を分けたのはなんであろう。

時の運、と言っては三左にも源吾にも辛いか。

「ご隠居。三左さんは」

右門も政吉も走り寄る。

「あ、慌てんな。た、大したことはねえ」

強がるが傷は決して浅くないとは自身でも知る。その証拠にか、次郎右衛門も右門の問いに難しい顔で答えぬまま、おもむろにおのれの袖を千切り割り裂いて三左の腹に巻き始める。

と、やがて西詰めに河岸道側から走り寄る足音があった。

まずそれを認めて立ち上がったのは、割り裂きを三左の腹にきつく巻き終えた次郎右衛門であった。

「甚十郎か」

声に引かれて三左も首を動かす。

その目に映るのは、口元から胸にかけてをどす黒い異様な色に染めた甚十郎であった。

なんであるかは三左にもわかる。今おのれの脇腹から流れる物の色だ。

甚十郎は三左にも源吾にも悲しみをたたえた目を向け、

「遅かったか」

と、すでに息絶えた源吾のかたわらに膝をついた。

「す、すまねえな、爺さん。こうとしか、し、しようがなかった」

絶え絶えの三左の声に、甚十郎は黙って首を振った。

「ようここがわかったな」

次郎右衛門が甚十郎に寄る。

「なあに。不覚にも、どれほどかはしらんが気を失っておってな」

甚十郎は次郎右衛門を見上げて星影に薄く笑った。

「日も時刻もわからんで、とりあえず工藤の屋敷に回った。ちょうど出て来る中間が、主の遊び出を羨ましげにぼやいておった」

「なるほど」

次郎右衛門は頷いた。

甚十郎は三左に顔を向けてすまなんだなと告げ、そのまま目ばかりを大塚右門に向けた。

「亡骸《なきがら》。もろうていってもよいかな」

「えっ」

右門が言葉に詰まっているうちにも甚十郎は源吾の亡骸を抱き上げ、歩き出す。

「あ、あの」

「よい」

制したのは次郎右衛門であった。

「死ねばみな仏じゃ。いや、死しても、孫なんじゃ」

右門は黙って引き下がった。

源吾の亡骸を抱えた甚十郎は、すでに夜闇に溶け始めていた。

しかし、三左はその後ろ姿を最後まで見送ることはできなかった。

三左の意識はやがて、夜よりも濃い闇に溶けた。

五

三左はそのまま、夜にもかかわらず政吉が叩き起こしてきた近場に住む日傭《ひやとい》らの手によって戸板に乗せられ、深川元町の組屋敷に運び込まれた。

その間に、右門は次郎右衛門の指示を受け、日頃から懇意にしているという金創医《きんそうい》を呼びに走った。本所三笠町《みかさちょう》の玄庵《げんあん》という医者である。

玄庵のところから三左の組屋敷までは大した距離ではなかった。

戸板に乗せられた三左が到着する前から、すでに右門と玄庵は屋敷に入っていて治療の支度は済んでいた。

近所で評判の腕のたしかさも玄庵を選んだ理由であったろうが、三左が寸瞬を争うほどの状態だと次郎右衛門が見て取ったということもあったろう。

が、終始難しい顔の玄庵はひととおりの手当を終えた後も表情を変えなかった。

玄庵の見立てによれば命は五分五分で、この四日が山ということであった。

翌日もその翌日も、三左は高い熱のまま昏睡《こんすい》を続けた。

嘉平は三左の組屋敷と上平右衛門町の屋敷を行き来したが、次郎右衛門は三左の屋敷を離れなかった。

右門も政吉も手が空けば必ず、どうですかと容態をうかがいに顔を出した。

三左のことを聞き押っ取り刀《おと》で駆けつけたおつたや菊乃などはそのまま三左の枕辺に張り付き、代わる代わるに、あるいは一緒になって昼夜を分かたぬ看病である。

次郎右衛門も嘉平も寡黙にして、三左の屋敷は火が消えたように静かであった。うら若き女性の涙声ばかりが悲しく響いた。

それから二日後は、あいにくと朝から霧雨の降る寒い一日であった。

おつたも菊乃も朝方のうちに次郎右衛門が帰し、この日は深川元町にはいなかった。

どちらも首を強く振って嫌がったが、それ以上に強く次郎右衛門が二人を諭《さと》したのだ。

「この阿呆が正気づいた折りに、二人が倒れておっては本末転倒じゃよ」

固く還ると信じる次郎右衛門の言葉に二人は明日の訪れを約して渋々従った。

三左の屋敷には、久し振りに内藤家の三人だけがあった。

降り止まぬ雨音だけがささやく、密やかな一日であった。

その夜、深編み笠を被った一人の男が深川元町の三左の屋敷前に立った。

なにをするでも案内を乞うわけでもなく、ただ冷たい雨の中にひっそりと立った。

そうして、どれほど男はそのまま立ち尽くしていたことだろう。

半刻、いや一刻。

やがて男は刀に手を掛けた。すると、時を合わせるかのように引き戸がかすかな軋《きし》みを立てた。

中から現れたのは次郎右衛門であった。腰には一剣が差し落とされていた。続いて嘉平も現れるが、携えているのは一本の傘だけである。

男が刀から手を離した。わずかな狼狽が見られた。

「おぬしら、おったのか」

立ち尽くしていた男の声は、笠井甚十郎のものであった。

「おったよ」

慈を含んで穏やかな次郎右衛門の声である。

甚十郎の肩が揺れた。笑ったようである。

「頭ではわかる。ああするしかなかった。わかるんじゃ。だが、どうにも収まりがつかん。このな」

目一杯の力で胸を叩く。

「この胸の中の収まりが、どうにもつかんのじゃ」

また叩く。何度も叩く。

次郎右衛門も嘉平も、黙ってそれを見ていた。

「で、浅ましきとは思うたが、今の三左衛門を斬ろうとして来た。が」

やがて甚十郎は手を止め、笠の縁を上げた。

「おぬしがおってくれてよかった。これで、儂は鬼畜にならんですむ」

次第に甚十郎の顔に浮かぶのは安堵《あんど》であり、満足の笑みであったろうか。

「おるさ」

次郎右衛門は頷いた。

「さもあらんとは思うておったからの」

「なんと。読んでおったか」

「孫のことじゃからな。儂ならどうするると考えれば、同じことを考えたろうよ」

「……かたじけない」

「なんの」

次郎右衛門は背後を一度見遣ってから雨に身をさらした。

「で、どこでやる。ここでか」

「できるなら、源吾の倒れた場所で」

「よいとも」

次郎右衛門は背後から嘉平が差し出す傘を受け取った。

「なら、行こうかの」

と、歩き出そうとする次郎右衛門を一度甚十郎は制した。顔は戸口の嘉平に向けられていた。

「勝負の行方がどうなろうと、おぬしとは今生《こんじょう》の別れじゃ」

「はい」

「彼の日はできなかったがな。今はしておこう。——いついつまでもな、息災であれ。さらば」

「はい。おさらばでございます。大殿も笠井様も、どちらもお気をつけなされまして」

嘉平は静かに腰を折った。

「ふっふっ。どちらも気をつけてか。次郎右衛門、こやつも飄々《ひょうひょう》として、昔と変わらんな。なにも変わらん」

「おう。わしと同じくらい変わらんぞ」

「よい家臣を持ったな」

「よせ。こそばいわ」

甚十郎と次郎右衛門は互いに笑い合って泥濘《でいねい》に足を踏み出した。

雨の中を、肩を組むようにして二人の老爺がゆく。

これから死闘を演じる二人には決して見えなかった。

二人の姿が辻に消える頃、嘉平は黙ってもう一度頭を下げた。


翌朝、雨上がりの朝陽を眩しいものに感じて三左は目を覚ました。

覚ましたが、いきなり目に飛び込むのはなぜか、目に涙を溜めたおつたと菊乃の顔であった。

一瞬夢かとも思ったが、

「内藤様っ。お目覚めですか。内藤様っ」

菊乃の声にどうやら現《うつつ》であると思い直す。それにしても嬉しそうだ。

「ご隠居様。三左さんがっ」

おつたの声も痛いくらいの喜色に弾けて耳に飛び込んだ。

起き上がろうとして全身に激痛が走った。

それで三左はようやく、なにがどうなっているのかを悟った。

「なんじゃ騒々しい。何度も申さずとも聞こえとる」

三左の視界にやがて次郎右衛門の顔が入った。飯碗を持っている。朝餉の最中のようであった。

「儂が見えるか」

「……あ、ああ」

出そうとして出ぬ声がかすれた。

「ふん。声が出せるならもう大丈夫じゃな。葬式代も馬鹿にならんしな。死ななかったことだけは褒めてやろう」

次郎右衛門の射込むような眼差《まなざ》しが注がれ、やがて興味を失ったようにふと離れる。

「憎まれっ子世になんとやらじゃのう。まったくしぶといわ」

ぶつぶつ言いながら次郎右衛門が朝餉の場に戻る。

「お菊坊、おつた。気づいたならもういいじゃろう。そんな未熟者は放っといて、二人とも朝餉を食すがいいわい」

「左様でございますよ。せっかくの味噌汁が冷めましょう」

嘉平の声もした。

「そうじゃ。おい三左衛門。医師やら薬やらに掛かった分は早々に返してもらうからな。嘉平、いかほどじゃ」

「はい。しめて二分ほどでございます。このあとも塗り薬やらでもう二朱は掛かりましょうか」

「ということじゃ。三左衛門、本復を果たしたら働け。すぐ働け。三両返しじゃ。わかったな」

といわれても、元気な爺さん達の会話についていけるわけもない。

「……へっ。まず金のことかよ。相変わらず、強突張《ごうつくば》りの、爺さん連中だ」

それでも乗せられるようにして、かろうじて悪態は口にできた。

まだまだ力ない声ではあったが、一声目よりははっきりとした言葉であった。

とは、三左は生きているのだ。

「けどよ。相変わらずってなぁ、へへっ、あったけえ、なあ」

まるでこの、朝の光のように。

三左は庭に顔を向け、朝陽の中でたしかに笑った。

本書のプロフィール

本書は、二〇一二年九月に双葉文庫より刊行された『引越し侍　内藤三左　情斬りの辻』（七海壮太郎名義）を改題し、改稿のうえ、再文庫化したものです。

小学館文庫

引越《ひっこ》し侍《ざむらい》
情斬《じょうぎ》りの辻《つじ》

著者　鈴峯紅也《すずみねこうや》

二〇二四年九月十一日　初版第一刷発行

発行人　庄野　樹
発行所　株式会社　小学館
〒一〇一-八〇〇一
東京都千代田区一ツ橋二-三-一
電話　編集〇三-三二三〇-五九五九
　　　販売〇三-五二八一-三五五五
印刷所　――――　中央精版印刷株式会社

ISBN978-4-09-407383-6